EVELYN HOLST/STEPHANIE HOLST | Von Luft und Liebe

Evelyn und Stephanie Holst im Gespräch:

Glauben Sie an Liebe auf den ersten Blick?
Aber absolut. Und auf den zweiten, dritten, vierten ...

Wie sieht Ihre Zusammenarbeit als Autorinnen aus?
Wir flechten einen gemeinsamen »Romanzopf«, das heißt, wir erzählen abwechselnd und mailen uns das Ergebnis. Manchmal fliegen dann die Fetzen, manchmal schütten wir uns aus vor Lachen. Es hat auf jeden Fall so viel Spaß gemacht, dass wir unbedingt weitermachen wollen.

Wenn Sie mit einem Fingerschnipsen an jeden Ort der Welt gelangen könnten, wohin würden Sie gehen und was würden Sie mitnehmen?
Evelyn Holst: Auf eine Südseeinsel! Mitnehmen würde ich alle zukünftigen Romane von Joy Fielding und Nikki French – und einen Eingeborenen, der mir jeden Tag eine zweistündige Fußmassage gibt.
Stephanie Holst: Ich bin Flugbegleiterin geworden, weil das dem »Fingerschnipsen« am nächsten kommt. Mit dem Ergebnis, dass inzwischen Hamburg der schönste Ort der Welt für mich ist, wenn dort gerade mal die Sonne scheint. Was immer dabei sein muss? Genug zu lesen, genug Kaffee und vielleicht noch eine Portion Schichtnougat ...

Die Autorinnen
Evelyn Holst studierte Geschichte und Englisch und arbeitete dann dreizehn Jahre lang als Reporterin beim STERN, die letzten fünf in New York. Sie schrieb zahlreiche Romane, die zum Teil verfilmt wurden, und ebenso viele Originaldrehbücher für Fernsehfilme. Im Diana-Verlag erschien von ihr bereits »Life is a bitch. Das Leben ist eine Zicke«. Evelyn Holst lebt mir ihrer Familie in Hamburg.
Stephanie Holst studierte Arabisch und Italienisch und arbeitete dann als Flugbegleiterin. Sie lebt heute mit ihrem dreizehnjährigen Sohn in Hamburg.

EVELYN HOLST/
STEPHANIE HOLST

Von Luft und Liebe

Roman

Diana Verlag

FSC
Mix
Produktgruppe aus vorbildlich bewirtschafteten Wäldern und anderen kontrollierten Herkünften

Zert.-Nr. SGS-COC-1940
www.fsc.org
© 1996 Forest Stewardship Council

Verlagsgruppe Random House FSC-DEU-0100
Das für dieses Buch verwendete FSC-zertifizierte Papier *Holmen Book Cream* liefert Holmen Paper, Hallstavik, Schweden.

Originalausgabe 02/2008

Redaktion | Frauke Brodd/write & read Textagentur
Herstellung | Helga Schörnig
Umschlaggestaltung | Hauptmann & Kompanie Werbeagentur, München – Zürich, Teresa Mutzenbach unter Verwendung der Fotos von © Ryan McVay/The Image Bank/Getty Images
Satz | Leingärtner, Nabburg
Druck und Bindung | GGP Media GmbH, Pößneck
Printed in Germany 2008
978-3-453-35218-6

www.diana-verlag.de

1

Grrrrrtzzzzzzzfjjjjjjkxxxxxbrrrrrr!

Das fiese Geräuschkonzert der unterschiedlich scheußlichen Alarmtöne meiner fünf Wecker riss mich aus meinen süßen Träumen. Es war zehn nach vier Uhr morgens, und wieder einmal dachte ich, dass dieses Aufstehenmüssen zu einer so empörenden Uhrzeit zu den absoluten Schattenseiten meines Traumjobs als Flugbegleiterin gehörte. Da ich mir selbst nicht über den Weg traute und auch keinem einzelnen Wecker – jede Batterie kann versagen, von Stromausfällen ganz zu schweigen –, lebte ich mit dieser kleinen Sammlung, die mir im Kollegenkreis schon so manchen Spott eingetragen hatte. Immerhin war ich jetzt wach.

New York stand heute auf dem Flugplan, und während ich hastig in meine Uniform sprang, ging ich im Geist meine Einkaufsliste für Macy's, ein wunderbares Kaufhaus in New York, durch. Wie jede meiner Kolleginnen und Kollegen trat ich selten einen Flug an, ohne diverse Aufträge von Freundinnen, Schwestern, Nachbarn oder anderen lieben Mitmenschen im Gepäck. »Wohin fliegst du? Osaka? Das ist doch in Japan, oder? Super, da gibt's bestimmt die Shiseido-Sachen billiger, kommt doch von da, oder? Könntest du nicht ... aber nur, wenn's keine Umstände macht, wenn du sowieso ... Also diese Tagescreme ...«

Nun, das sei an dieser Stelle einmal gesagt: Es macht natürlich Umstände, immer. Und wenn wir aus San Francisco eine Levi's um die halbe Welt nach Hause tragen, damit die Nichte der Nachbarin unserer Mutter ein paar Euro sparen oder in ihrer Klasse einen Coolness-Vorsprung erringen kann, dann erwarten wir schon ein bisschen Dankbarkeit und wollen ganz bestimmt nicht hören, dass die Jeans am Hintern nicht sitzt und ob wir sie vielleicht beim nächsten Flug umtauschen könnten.

New York also. Eine der Städte, in der jeder Flieger sich ein bisschen zu Hause fühlt, mit der jeder seine eigene Geschichte hat. New York lässt niemanden kalt. Auch deswegen war der 11. September 2001 so besonders schlimm für uns, so unverzeihlich persönlich schlimm.

Heute würde ich mit Britta fliegen, meiner absoluten Lieblingskollegin und Busenfreundin. Das war auch gut so, denn zu unserer Crew gehörte diesmal auch Brigitte Feix, genannt »Die Zunge«! Ich hatte immer gedacht, sie hätte ihren Spitznamen ihren außerordentlich eloquenten Lästereien über Kolleginnen und Passagiere zu verdanken, doch auf meinem letzten Flug hatte ich erfahren, dass Brigitte spätestens nach der zweiten Caipirinha nicht mehr zu halten sein soll und dann gewöhnlich dem nächstbesten Mann ihre Zunge in den Hals ... Nun, daher angeblich der Name.

Da wir nie in derselben Besetzung fliegen, sondern für jeden Flug eine neue Crew zusammengestellt wird – das fliegende Personal unserer Fluggesellschaft besteht aus einigen tausend Mitarbeitern –, arbeitet man fast auf jedem Flug auch mit noch unbekannten Kollegen zusammen. Britta und ich hatten die Crewliste für unseren New-York-Flug schon eingehend studiert: Unser Kapitän würde Wolf Clausen sein, den wir beide noch nie gesehen, über den wir aber schon so manch schmeichelhafte Bemerkung gehört hatten. Er sollte einfach sensationell aussehen – man durfte gespannt sein.

Ich war derzeit mal wieder »auf dem Markt«, wie meine Schwestern das immer so pragmatisch wie unromantisch ausdrücken, wenn zum x-ten Mal meine rosaroten Träume von ewiger Liebe und Familiengründung zerplatzen. Gute Männer sind ja leider bekanntlich absolute Mangelware, und wenn man mal einen entdeckt, dann ist er bestimmt nicht zu haben. Mein letzter Kandidat hieß Oliver, er war anfangs wirklich sehr süß gewesen. Leider hatte sich dann aber herausgestellt, dass er unter tausend Ängsten litt, darunter Flugangst, die er auf mich übertrug und mich gerne heulend im Hotel anrief, egal, wo. An die Zeitverschiebungen pflegte er in seiner Seelenpein natürlich nicht zu denken.

»Steffi! Du lebst!!! Ich komme hier um vor Sorgen!«, war sein Standardspruch. Dann hatte er mich meist unter Tränen beschworen, diesen teuflischen Beruf aufzugeben. Ich gab stattdessen lieber ihn auf, und deshalb durfte ich jetzt mit gutem Gewissen gespannt sein, ob dieser Wolf Clausen hielt, was die Gerüchteküche versprach.

Kurz vor fünf, es klingelte. Das musste Britta sein. Ein letzter Kontrollblick auf Herd (null-null-null-null-null), Kaffeemaschine und Bügeleisen (beide aus), dann schnappte ich mir meinen kleinen Rollenkoffer und raste die Treppe hinunter. Wir hatten den Zeitplan mal wieder ziemlich haarscharf kalkuliert.

Britta war wie immer bester Laune. Sie ist der reinste Sonnenschein und sogar jetzt, wo normale Menschen noch im Koma lagen, trällerte sie munter vor sich hin.

»Steffi! Ist das nicht ein schöner Tag?«, schmetterte sie mir entgegen. Es war noch stockdunkel, den Hamburger Nieselregen konnte man also nur fühlen.

»Hmm, hmm, bisschen früh«, brummelte ich zurück. Mein Plauderdrang war noch nicht erwacht.

Das störte Britta überhaupt nicht, sie erzählte mir ihre neueste Story von einem Passagier: »›Haben Sie einen Spiegel?‹, fragt er mich. Ich zu den Zeitschriften geflitzt, bring ihm einen. Darauf er: ›Nee, lassen Sie mal, ich will gar keinen. Wollte nur mal sehen, ob Sie schon wieder keinen haben!‹« Erwartungsvoll schaute sie mich an. »Ist das nicht witzig?«

Ich fand das eigentlich gar nicht komisch, sondern betrachtete es eher als eine bodenlose Frechheit, aber gegen Brittas gute Laune war kein Ankommen.

Schon hatten wir den Flughafen erreicht, der in Hamburg ja ziemlich übersichtlich ist. Britta stellte ihren Wagen auf dem Personalparkplatz ab, wir griffen Gepäck und Handtaschen, alles in Uniformblau, und gingen ins Hauptgebäude unserer Fluggesellschaft. Dort trugen wir uns beim Check-in in die Crewliste für den New-York-Flug ein – für einen Kaffee reichte die Zeit leider nicht mehr – und machten uns auf die Suche nach unserem Briefingraum.

Vor jedem Flug findet ein Briefing statt. Die Crew lernt sich kennen, die Arbeitspositionen werden verteilt, und wir werden vom Kabinenchef, dem Purser, über etwaige Besonderheiten, wie Tiere an Bord, Sonderessen, Rollstuhlfahrer und allein reisende Kinder informiert.

Unseren heutigen Purser Ingo Freundlich kannten Britta und ich schon von diversen gemeinsamen Flügen. Er trug seinen Namen zu recht, ein angenehmer, stets ausgeglichener Zeitgenosse. Was er uns allerdings jetzt verkündete, war weniger angenehm: »Meine Lieben, das könnte heute ein wenig anstrengend werden ... Wir haben in der Economyclass achtzig Sonderessen, davon fünfundsiebzig koscher ...«

Ein kleiner Tumult brach los. Koschere Sonderessen bedeuteten viel Arbeit. Sie kommen verschweißt an Bord, da die Zubereitung von einem Rabbiner überwacht wird, und dürfen anschließend erst wieder von dem Gast selber geöffnet werden. Man muss also mit jedem einzelnen Essen zu dem entsprechenden Passagier gehen, ihn die Verpackung öffnen lassen oder um Erlaubnis bitten, dies selber zu tun. Dann erst kann man das jeweilige Essen in den Ofen tun. Eigentlich kein Problem, aber gleich fünfundsiebzig Mal?

»Und der Knüller, meine Lieben: Es sind nicht etwa fünfundsiebzig strenggläubige Juden an Bord, nein, die Essen hat eine japanische Reisegruppe bestellt. Die Herrschaften fliegen anschließend an ihren New-York-Trip nach Israel und wollen schon mal die dort übliche Küche ausprobieren!«

Der Lärmpegel schwoll jetzt gewaltig an. Jeder von uns hatte eine Story über japanische Fluggäste parat, die er unbedingt noch schnell loswerden wollte. So hörten wir alle das Klopfen nicht, mit dem die Cockpitcrew ihr Kommen ankündigen wollte.

»Wolf Clausen, guten Morgen! Die Stimmung hier lässt ja auf einen munteren Flug hoffen!«, hörte ich eine tiefe, kräftige Stimme amüsiert ausrufen.

Ich schaute auf – der bestaussehende Mann, den ich mir vorstellen konnte, machte, begleitet von seinem Copiloten, die Begrüßungsrunde und schüttelte uns allen die Hand. Ich fühlte mich wie vom Blitz getroffen. Als er mir die Hand gab und mich mit diesen atlantikblauen Augen ansah, ein bisschen spöttisch, da war es um mich geschehen. Er wartete kurz, dann wandte er sich der nächsten Kollegin zu, ehe ich ihm meinen Namen nennen konnte. Steffi Blume. Klingt ein bisschen so, als müsse man mich nicht ernst nehmen, aber so heiße ich nun mal.

»Flugzeit nach New York heute 7 Stunden 55, das Wetter unterwegs ist recht gut, es sind keine größeren Turbulenzen vorhergesagt (bildete ich es mir nur ein, oder schaute er mich bei diesen Worten an?), nur etwa zwei Stunden nach Abflug könnte es ein bisschen wackeln. Beeilt euch also besser etwas mit dem Essensservice, damit unseren Gästen nicht ihre Tabletts um die Ohren fliegen. Das Wetter in New York ist wunderbar, also verbringt nicht die ganze Zeit beim Shopping, Mädels. Wir sehen uns dann gleich am Bus, Abfahrt in zehn Minuten. Noch Fragen? Okay, dann bis gleich.«

Damit ging er und ließ mich wie betäubt zurück. Nicht örtlich betäubt, eher Vollnarkose, aus der mich ein heftiger Rippenstoß von Britta unsanft in die Realität zurückholte.

»Na? Der ist ja wirklich ein Leckerli, was?«, tuschelte sie mir ins Ohr.

Ich zog es vor zu schweigen; irgendwie konnte ich über diesen Mann nicht mit Britta plänkeln.

Der Flug verlief ziemlich ruhig, Britta und ich arbeiteten mit »Zunge« Brigitte in der First Class. Das bedeutete erstens, dass ich mit den kulinarischen Experimenten der japanischen Reisegruppe nichts zu tun hatte; damit konnten sich die Kollegen der Economy Class herumplagen. Und zweitens war ich unter anderem für den Cockpitservice zuständig, was mir die Chance gab, meinen etwas dümmlichen ersten Eindruck bei unserem Kapitän zu revidieren. Ich ergriff jede Gelegenheit, Getränke ins Cockpit zu bringen, versuchte jedes Mal, ein paar geistreiche Bemerkungen zu machen, und verliebte mich mit jeder Flugmeile, die wir zurücklegten, mehr in Wolf, der uns inzwischen das Du angeboten hatte.

Das blieb natürlich weder unbemerkt noch unkommentiert. Britta warf mir ständig warnende, besorgte Blicke zu. »Reiß dich mal ein bisschen zusammen! Vielleicht denkst du mal dran, unter wessen Augen du dich hier zur Närrin machst? Soll morgen die ganze Firma über dich tratschen?«

Da schallte auch schon prompt Brigittes dröhnendes Organ durch die erste Klasse: »Herzchen, wenn es deine kostbare Zeit erlaubt, könntest du es dann eventuell in Erwägung ziehen, dem Gast auf 82A seinen Kräutertee zu bringen? Zwar hat er keine so schönen blauen Augen wie gewisse andere Sterbliche, aber er zahlt schließlich unser aller Gehalt mit seinem Flugticket!«

Blöde Kuh!! Ich griff mir den Tee, servierte ihn mit hoffentlich professionellem Lächeln dem Herrn auf 82A, der mich neugierig musterte, und kehrte wütend in die Galley, so heißt bei uns im Flieger die Küche, zurück.

»Hör mal, Brigitte, könntest du deine Giftzunge vielleicht mal einfahren oder wenigstens ein bisschen leiser ...«

»Ha, ganz rot wird sie, wie süß! Ich hab's doch gleich gerochen! Sie steht auf Blue-Eye-Wolf! Hör mal, Süße, ein guter Rat unter Kolleginnen: Vergiss es ganz schnell wieder! Den kannst du dir abschminken, dieser Wolf ist eher reizend als reißend. Ich hab ihn ausgetestet neulich in Miami. Nix zu wollen. Absolut nada, niente. Und willst du auch wissen, warum? Dann frag einfach mal Detlef Meixner, der kann dir das gaaanz genau erklären!«

Damit drehte sie sich um und schob leise vor sich hin pfeifend die Brötchen in den Ofen, die wir gleich zum Essen anbieten würden.

Ich stand da wie erstarrt. Detlef Meixner? Ein sehr netter Kollege von uns. Ein sehr netter, sehr schwuler Kollege!

»Du meinst ... Aber er wirkt gar nicht ... bist du sicher? Hat er gesagt, dass Wolf ...?«

Aber Brigitte antwortete nicht, sie zuckte nur mit den Schultern und grinste süffisant.

Aus der Traum! Wieso sollte ich auch Glück haben bei so einem Traumtypen? Er trug schließlich keinen Ring, das hätte mir gleich zu denken geben sollen. So jemand lief doch nicht frei herum!

»Jetzt krieg dich mal wieder ein, Steffi, wir wollten es uns doch schön machen in New York! Brauchen wir dazu etwa einen Mann?«

Britta hatte recht. Den nächsten Kaffee brachte ich ziemlich einsilbig ins Cockpit. Wolf nahm ihn entgegen, wieder dieser spöttische Blick aus diesen unglaublichen Augen.

»Hallo, Steffi! So liebevoll sind wir schon lange nicht mehr versorgt worden, was, Thomas?«

Der Copilot grinste dämlich und nickte nur. Ich wurde rot, jedenfalls fühlten sich meine Ohren ganz heiß an. Musste er mich jetzt auch noch verspotten? Schlimm genug, dass er solch ein Prachtexemplar von einem Mann war mit seinen nachtschwarzen, leicht gewellten Haaren, durchzogen von ein ganz paar silbrigen Strähnchen; mit diesen Ohren, die ein ganz klitzekleines bisschen abstanden, nur eine Idee, was ich unschlagbar sexy finde; mit diesen breiten Schultern und diesem absolut süßen Knackarsch, den man sogar in der langweiligen Uniformhose erkennen konnte. Dazu war er richtig witzig. Ein Mann, der der Worte mächtig war, nicht wie diese Dumpfbacke Thomas, der den ganzen Flug schon seine Zähne nur zum Essen auseinanderbekommen hatte. Daran hätte ich eigentlich sofort merken können, dass er schwul war. Wortwitz war ja oft nicht gerade typisch für Heteros. Und ich blödes Schaf hatte schon zu hoffen gewagt, dass er mit mir flirten wollte, dabei veralberte er mich die ganze Zeit! Ich konnte wirklich froh sein, dass Brigitte mir die Augen geöffnet hatte, wer weiß, was für Blößen ich mir sonst noch gegeben hätte. Wahrscheinlich war jeder in der Firma über Wolfs Vorlieben im Bilde, nur ich kam mal wieder vom Mond!

»Steffi? Hast du in New York schon was vor? Sonst würde ich mich gerne für die Kaffeeflut hier revanchieren und dich nachher zu einem Drink einladen, was meinst du?« Dabei grinste er so frech, dass mir die Knie weich wurden.

Was trieb er für ein gemeines Spiel mit mir? Zum Glück war ich vorgewarnt.

»Vielen Dank, sehr freundlich, Chef, aber ich tue hier nur meine Pflicht, und für New York haben Britta und ich schon andere Pläne. Haben die Herren sonst noch einen Wunsch? Nein? Also dann, bis später, meine Gäste warten.«

Damit rauschte ich hinaus, was wegen der Enge im Cockpit gar nicht so einfach war. Befriedigt registrierte ich Wolfs ob meiner Abfuhr äußerst verdutzten Blick. Ich war stolz auf mich, hatte ich doch im allerletzten Moment das Gesicht gewahrt.

Für den Rest des Fluges musste sich Britta um die Jungs im Cockpit kümmern, meine Gefühle waren in so großem Aufruhr, dass ich mir weitere coole Auftritte einfach nicht mehr zutraute. Dieser Mann war mir so was von unter die Haut gegangen, daran änderte auch der Umstand nichts, dass er auf das falsche Geschlecht stand.

2

Wir landeten in New York, fünfundsiebzig Japaner hatten ihren kulinarischen Horizont erweitert. »Da kann man mal sehen, wie Reisen bildet«, stichelte Brigitte. Die Gäste stiegen aus und wir auch.

Wir standen in der Schlange bei der Einreise, Britta wühlte in ihrem Handgepäck nach einem Apfel, mit dem sie auf keinen Fall in die USA einreisen durfte, wenn sie nicht dreitausend Dollar Strafe zahlen wollte.

Plötzlich hörte ich wieder diese wunderbare tiefe Stimme, ganz ohne Spott diesmal, an meinem Ohr: »Was ist los, Steffi, hab ich dich irgendwie geärgert? Das täte mir sehr leid, denn weißt du ...«

Ich schaute auf, wollte versinken in diesem Blau seiner Augen. Gerade rang ich um eine passende Erwiderung, da drängte sich Brigitte zwischen uns.

»Na, Wolf, was hast du heute noch vor? Ich hab einen ganz heißen Tipp für eine neue Bar in Greenwich Village bekommen von Detlef Meixner, du erinnerst dich? Die sollten wir vielleicht mal ausprobieren. Hat jemand Lust?«

Da war ich an der Reihe, der Einreisebeamte winkte mir ungeduldig zu: »Next!«

Gerade konnte ich noch einen Blick auf Wolf werfen, der völlig verblüfft aus dem Uniformhemd guckte. Was er zu Brigitte sagte, konnte ich nicht mehr hören. Ich hielt dem Grenzbeamten meinen Pass hin, dann folgte die übliche Prozedur: rechter Zeigefingerabdruck, linker Zeigefingerabdruck, einmal in die Kamera gucken. Inzwischen hatten wir uns an diese Formalitäten gewöhnt, die nach dem 11. September eingeführt worden waren, und fühlten uns nicht mehr jedes Mal so, als wären wir Schwerverbrecher, die von der Kriminalpolizei erkennungsdienstlich behandelt wurden.

Es dauerte seine Zeit, bis wir alle durch waren, dann ging's zum Kofferband, unser Gepäck holen. Ein paar Beamte liefen mit ihren Beagles an der Leine durch die Halle, die Hunde schnüffelten am Reisegepäck nach verbotenen Lebensmitteln, die man nicht in die USA einführen durfte. Ein kleiner Hund hielt direkt auf uns zu. Nervös schaute ich mich nach Britta um, aber sie schüttelte nur den Kopf und zuckte die Achseln: Sie hatte ihren Apfel rechtzeitig entsorgt, hieß das. Was wollte dann der kleine Kläffer?

Wie von einem Magneten angezogen, schoss der Hund auf Wolf zu. Aber er interessierte sich überhaupt nicht für Wolfs Gepäck, stattdessen wedelte er so heftig mit dem Schwanz, dass sein ganzes Hinterteil in Bewegung war. Er sprang an ihm hoch und versuchte, ihm über die Nase zu lecken. Ich konnte es nicht fassen, sonst benahmen sich die Zollhunde immer kaum anders als ihre Herrchen: ziemlich streng und unnahbar. Was war in diesen hier gefahren? Dabei konnte ich ihn gut verstehen, tat er doch das, was ich nur zu gerne auch getan hätte.

Und Wolf? Der schien überhaupt nicht überrascht zu sein! Er hatte sich zu dem Hund hinuntergebeugt, kraulte ihn ausgiebig hinter den Ohren und lachte. »Tja, so ist das, Hunde mögen mich ...«

Schaute er mich dabei an, und hatte er das Wort »Hunde«

besonders betont, oder bildete ich mir schon wieder Schwachheiten ein?

Verwirrt griff ich Britta am Arm: »Komm, lass uns endlich rausgehen, ich muss sofort an die frische Luft!«

Vor dem Crewbus standen schon ein paar Kollegen und rauchten die erste »Zigarette danach«, wie wir sagen, an Bord herrscht ja striktes Rauchverbot. Das bedeutet zwar einen ziemlich langen Entzug für die Raucher, dafür ist die Luft an Bord natürlich viel besser, sodass die meisten von uns die Einführung des Rauchverbots begrüßt haben. Manchmal gab es allerdings Probleme mit nikotinsüchtigen Passagieren. Erst neulich auf einem Flug nach Mexiko hatte ein Mann, der unter Entzugserscheinungen litt, trotzdem aber leider das von uns angebotene Nikotinkaugummi gereizt abgelehnt hatte, stundenlang an der Rückenlehne seines Vordersitzes gerüttelt. Die Dame auf diesem Sitz fühlte sich dadurch natürlich erheblich gestört, und irgendwann drehte sich der dazugehörige Ehemann um und verpasste dem Rüttler einen kräftigen Kinnhaken, eine ziemlich blutige Geschichte. Zum Glück haben wir Verbandsmaterial an Bord und eine Erste-Hilfe-Ausbildung.

Ich war auch Gelegenheitsraucherin, aber jetzt hatte ich andere Pläne. Ich zerrte die widerstrebende Britta in den Bus, denn ich musste unbedingt mein Gefühlschaos in den Griff bekommen. Außerdem wollte ich sie darüber informieren, dass sie für den Aufenthalt in New York vollkommen verplant war, ehe sie womöglich auf irgendeinen Vorschlag eines unserer Kollegen eingehen konnte.

»Was soll denn das? Was machst du denn hier für Stress? Laura aus der Business Class wollte mir gerade von diesem witzigen Laden erzähl... aua!! Ja, spinnst du jetzt total? Was ist denn nur in dich gefahren?«

Ich hatte sie leider ein ganz kleines bisschen kneifen müssen. Denn da kamen Wolf und Thomas auf den Bus zu, und mir wurde schon wieder ganz anders bei diesem Anblick.

Energisch schob ich meine empörte Freundin in den Bus. »Los! Kreischen kannst du später!«

Ich zog sie in die hinterste Reihe.

»Wenn du mir jetzt mal gütigst erklären könntest, was dein Auftritt ...«, fing sie an, aber ich schnitt ihr das Wort ab.

»Wir beide haben keine Zeit für irgendwelche Unternehmungen, denn wir haben feste Pläne, wir treffen meinen Onkel, äh, Richard, der vor zwanzig Jahren nach Amerika ausgewandert ist und ...«

»Onkel? Du hast hier Verwandtschaft? Das wusste ich ja gar nicht!«

»Britta! Ich erklär dir alles später. Tu mir den Gefallen und frag jetzt nichts mehr!«

Die anderen waren inzwischen alle eingestiegen. Pläne wurden geschmiedet, Verabredungen getroffen, Einkaufslisten verglichen.

Britta verkündete auf Anfrage mit leicht giftigem Seitenblick auf mich: »Ich kann leider nicht mit ins Musical, doch, ich hätte ›Mamma Mia‹ gerne mal gesehen, aber Steffi und ich sind von ihrem Onkel eingeladen, sorry!«

Ich vermied es, irgendjemanden anzusehen, denn ich konnte nicht gut lügen. Man sieht mir die kleinste Flunkerei an der Nasenspitze an, hatte schon mein Opa immer gesagt, und er hatte leider recht.

»Nanu?«, dröhnte da Zunges schrilles Organ durch den Crewbus. »Bisher verschwiegene Verwandtschaft? Erbonkel in Amerika? So ein Glück aber auch! Tja, Wolf, dann wird die

Runde ja kleiner, der du den ersten Drink spendieren darfst. Sparst du ein paar Dollar, was?«

Ich sah auf, direkt in Wolfs Augen.

»Schade, wirklich schade. Ich hätte mich gefreut, wenn mal die ganze Crew dabei gewesen wäre!«

Seine Augen versanken in meinen, ich fühlte mich, als wäre ich in einen Strudel geraten. Die Stimmen der anderen hörte ich nur noch als fernes Gemurmel. Diese Augen, dieses irrwitzige Blau, ich wollte ertrinken darin.

In diesem Moment wurde ich unsanft nach vorn geschleudert und knallte mit der Stirn schmerzhaft gegen meinen Vordersitz. Vom Fahrersitz hörte man laute Flüche, aber warum diese Vollbremsung nötig gewesen war, konnte ich nicht erkennen. Jedenfalls war der Bann gebrochen, und ich vermied für den Rest der Fahrt jeden Blick auf Wolf, indem ich einfach Müdigkeit vorschützte und die Augen geschlossen hielt.

»Mich täuschst du nicht, meine Liebe!«, zischelte Britta mir ins Ohr. »Wenn ich hier schon aus lauter Freundschaft auf ›Mamma Mia‹ und Gratisdrink verzichten muss, dann erwarte ich als Kompensation eine erstklassige Geschichte!«

Zum Glück kamen wir kurz darauf an unserem Crewhotel, dem Hyatt Regency, an. Steffi und ich bekamen Zimmer nebeneinander, dafür allerdings leider »in Hinterindien«, also am Ende des Ganges.

»Okay, Süße, *asap* – und ich wiederhole noch mal: *as soon as possible!* – in der Lobby, und dann erwarte ich deinen Bericht!«, befahl sie mir und verschwand.

Ich betrat mein Zimmer, Koffer in die Ecke, endlich allein. Was war nur los mit mir? Gut, Wolf war ein wirklich süßer Typ, aber nun mal nicht zu haben, so was kam vor, wieso konnte ich das nicht einfach zur Kenntnis nehmen und locker bleiben? Mit Britta und den anderen New York genießen?

Ich zog meine Uniform aus, damit fing für mich immer erst der Feierabend an, hängte sie in den Schrank, dann ging ich ins Badezimmer, um zu duschen. Erst warm, dann ganz kalt, vielleicht würde mich das ja zur Besinnung bringen. Aber es half nichts, ich hörte die ganze Zeit dieses »Schade!« in meinem Ohr, hatte immer dieses Blau vor Augen.

In meinem Lieblingskleid, das ich auf alle Flüge mitnahm, ging ich zwanzig Minuten später hinunter in die Hotellobby. Britta saß schon da und winkte mir zu.

»Hast du noch genügend Dollar, oder musst du noch was tauschen? Du hast? Prima, dann los. Lass uns erst auf einen Cappuccino zu Starbuck's gehen. Die Neugier brennt mir unterm Mieder, wie meine Oma immer sagt, ich will jetzt unbedingt alles über Onkel Richard hören!«

Sie kicherte fröhlich. Warum konnte ich nicht einstimmen in ihr Lachen, warum nur war mir so dermaßen schwer ums Herz, als hätte ich gerade einen entsetzlichen Verlust erlitten? Verlieren kann man schließlich nur, was einem gehört hat!, sagte ich mir.

Mit unseren Pappbechern in der Hand suchten wir uns ein freies Eckchen in dem Café, und ich legte meine Beichte ab.

»Britta, egal, wie albern das jetzt klingt, aber ich habe mich total verliebt! Nein, schlimmer, Wolf ist der Mann meines Lebens – und er ist schwul! Schwul!«

»Was? Nun mal gaanz langsam. Verliebt, okay. Das kann passieren. Er ist ja auch wirklich so was von klasse. Mann deines Lebens? Nach einem Flug? Das kommt mir etwas hastig vor. Aber schwul? Wie, bitte, kommst du denn auf diese absurde Idee, wenn ich fragen darf?«

»Hat Brigitte gesagt. Sie hat das gecheckt. Und mich gewarnt, gerade noch rechtzeitig. Sie hat das von Detlef Meixner …«

»Oh. Brigitte, da hätte ich gesagt, sie will dich nur ärgern. Aber der Meixner, das ist natürlich was anderes. Ach wie blöd, dann verstehe ich jetzt auch die Aktion mit Onkel Richard, klar, dass du jetzt abtauchen musstest …«

Britta und ich verbrachten die Zeit in New York allein. Sie versuchte nach besten Kräften mich aufzuheitern, aber es nützte alles nichts, ich war einfach tieftraurig.

Den Rückflug nach Hamburg überstand ich irgendwie. Britta übernahm den ganzen Flug über den Cockpitservice für mich, so dass ich Wolf kaum noch zu Gesicht bekam.

Zu Hause ging es mir nicht besser. Als Ablenkungstherapie verordnete ich mir ein Date mit meinem fröhlichen Dauerverehrer Luigi. Er ist der Pizzabäcker meines Lieblingsrestaurants »Bella Roma«, sehr charmant, sehr jung, sehr hübsch und sehr gefragt bei seinen weiblichen Gästen.

»Bella Stefania, wasse machte deine 'erz schwer?«, fragte er mich bei unserem Treffen.

Ich schaute in seine schmelzenden Nougataugen und wusste, dass diese Medizin mich diesmal leider nicht heilen würde.

3

Mein nächster Flug ging nach Mexiko. Weit weg. Ich war sehr froh darüber, denn dort bin ich sehr gern, man kann viel unternehmen. Ich würde gar keine Zeit haben, an unerreichbare blaue Augen zu denken. Ich würde lecker essen gehen, mir vielleicht auf meinem Lieblingsmarkt dort eine Hängematte für meinen Balkon kaufen, ein paar Tequilas trinken.

Ich betrat den Briefingraum, schüttelte meinen Kollegen die Hand.

»Steffi, hallo! Wie schön, dass wir mal wieder zusammen fliegen!«

Ich guckte direkt in das freundliche Lächeln von Detlef Meixner. Scheiße, das hatte mir gerade noch gefehlt. Ich musste mich sehr beherrschen, ihn nicht wütend anzufunkeln, er hatte mir schließlich nichts getan.

»Ist dir nicht gut? Du bist ja ganz blass!«

»Nein, nein, nur meine Tage, nicht weiter wild«, wich ich aus.

»Ach, du armer Schatz! Solche Sorgen plagen mich zum Glück nie. Es ist doch manchmal gut, ein Mann zu sein, was?«

Ein Mann, dass ich nicht lache!, dachte ich böse und vollkommen ungerecht. Detlef war ein sehr netter Kollege, mit dem ich bestimmt noch oft fliegen würde, und er konnte ja nicht ahnen, dass er sozusagen mein Nebenbuhler war.

»Steffi, hast du die Crewliste schon gesehen? Es gab eine Änderung im ...«

Da wurde er unterbrochen, wir waren vollzählig, das Briefing begann. Ich versuchte, mich zu konzentrieren, aber im Geist sah ich immer Wolf und Detlef in zärtlicher Umarmung vor mir, es machte mich ganz verrückt. Auch das Erscheinen der Cockpitcrew hatte ich nicht wahrgenommen, deshalb glaubte ich auch zuerst an Gespenster, als auf einmal meine Hand genommen und kräftig geschüttelt wurde. Ich sah auf – und direkt in Wolfs grinsendes Gesicht.

»Hallo, Steffi! Na, so ein Zufall, was?«

Er machte weiter seine Runde und ließ mich völlig verwirrt zurück.

»Ja, das war es, was ich dir gerade erzählen wollte, Steffi«, fuhr Detlef fort, »es gab einen Tausch im Cockpit! Ein ausgezeichneter Tausch, muss ich sagen, dieser Typ ist ja wirklich die reinste Augenweide, oder?«

Detlef neben mir grinste verschwörerisch, und ich hätte ihn sehr gerne mit bloßen Händen erwürgt, ganz langsam, bis ihm dieses schmierige Grinsen vergehen würde.

Und so hätte ich beinahe seinen nächsten Satz verpasst: »Schade, dass diese Trauben für mich zu hoch hängen, eine Hete, wie sie im Buche steht. Keine Chance für unsereinen!«

Ich starrte Detlef an, diesen wunderbarsten aller Kollegen, dieses Prachtstück von Mensch. »Bist du dir da sicher?«

»Absolut, mein Schatz, es besteht leider nicht der geringste Zweifel. Diesen Mann werde ich immer nur optisch genießen können.«

Diese tückische Giftschlange Brigitte, ich würde sie umbringen müssen! Abwerfen über der Wüste Gobi ohne ihren Make-up-Koffer.

Aber für detailliertere Mordpläne war ich viel zu glücklich im Moment, denn ich hatte vielleicht doch noch eine Chance – wenn ich Wolf mit meinem biestigen Gehabe nicht vergrault hatte.

Ich wagte einen Blick auf ihn, er stand vor der Landkarte und zeigte uns die heutige Flugroute.

»Wie gesagt, es dürfte ein schöner Flug werden, keine Turbulenzen heute (schaute er mich an?), bestes Wetter in Mexiko, ich wünsche uns allen eine schöne Tour!«

Jetzt bestand kein Zweifel mehr. Er sah mir direkt in die Augen, ganz ernst. Kein Spott diesmal. Mein Herz klopfte wie verrückt, und ich war auf einmal unbeschreiblich glücklich.

Mexiko ist immer klasse, einer meiner Lieblingsstopps. Dieses Mal war es ein einziger, wundervoller Traum, pures, ungetrübtes Glück.

Auf dem Hinflug sah ich Wolf zwar kaum, denn es hatte mich diesmal in die sogenannte Holzklasse verschlagen. Ein paar hundert sehr muntere, hungrige und ständig durstige Gäste hielten mich knapp zwölf Stunden lang auf Trab, aber das konnte mich heute überhaupt nicht stören. Ich ging buchstäblich doppelt auf Wolken, denn Wolf hatte mir beim Einsteigen noch zugeflüstert, dass ich ihm bitte diesmal meine Layoverzeit reservieren solle, er würde mich gern ein bisschen näher kennenlernen.

Ich konnte den ganzen Flug über an nichts anderes denken, während ich Hunderte von Plastikgläsern füllte, stapelweise dreckige, abgefressene Tabletts einsammelte, Streitereien über angeblich zu weit nach hinten geklappte Rückenlehnen schlichtete oder auf Spanisch, Deutsch oder Englisch zum fünfundneunzigsten Mal erklärte, dass man auf diesem Flug leider nicht rauchen durfte, nein, auch nicht auf der Toilette, da schon gar nicht. So viel Langmut fiel natürlich auf.

»Na, Teuerste, du scheinst den Stress wohl zu brauchen. Im Briefing dachte ich erst, das wäre heute nicht dein Tag!«, ließ sich Detlef vernehmen.

»So? Das Leben ist doch schön!«, trällerte ich und ließ ihn verdutzt stehen.

»Frauen! Unberechenbar! Wie gut, dass ich nicht ...«, hörte ich ihn noch murmeln.

Später im Crewbus setzte sich Wolf dann zu mir. Darauf hatte ich zwar gehofft, aber trotzdem schlug mir das Herz jetzt bis zum Hals.

»Darf ich?«, hörte ich diese wunderbare männliche Stimme fragen.

Ich sah auf und in diese nun schon seltsam vertrauten blauen Augen, die mal wieder ein bisschen spöttisch funkelten. »Ja, klar«, murmelte ich und räumte hastig mein Handgepäck vom Sitz neben mir, das ich dort eigens deponiert hatte, damit sich niemand anders dort niederlassen sollte.

Er setzte sich, roch wunderbar nach Traummann, der er war, und das nach diesem langen Flug! Tja, und ich mutierte leider augenblicklich zur einfältig grinsenden Kuh. Mist, verdammter! Ich konnte durchaus witzig sein, war selten um einen passenden Spruch verlegen, aber jetzt fiel mir absolut nichts ein, mein Kopf fühlte sich an wie leer gefegt.

Zum Glück für uns beide war Wolfs Zunge aber nicht gelähmt. Er plauderte über gute Kneipen und interessante

Kunsthandwerksmärkte in Mexiko City, fragte, ob ich mir die Pyramiden vor der Stadt schon angesehen hätte. Allmählich taute ich auf, und wir unterhielten uns angeregt über Maya-Ausgrabungen und dann über Riesensombreros, die unsere Passagiere so gern beutemäßig als nervig zu verstauendes Handgepäck an Bord zu schleppen pflegen, als unser Crew-hotel auch schon in Sicht kam.

Ich wurde leicht panisch bei dem Gedanken, dass ich lauter dummes Zeug geredet haben könnte, dass Wolf sich gleich höflich verabschieden und in seinem Hotelzimmer verschwinden würde, erleichtert, mich endlich los zu sein. Da schlug er zum Glück vor, noch auf einen Absacker in die benachbarte Bar zu gehen.

Eigentlich war ich hundemüde, aber ich sagte natürlich trotzdem begeistert zu.

»Ich schulde dir ja noch den Drink, den du in New York verpasst hast!«, meinte er augenzwinkernd. Das war die erste Anspielung, die er sich zu unserem Fehlstart erlaubte, und es sollte die einzige bleiben.

Wir verbrachten zwei wunderbare Tage zusammen. Wolf war, oh großes, herrliches Wunder, gerade nicht liiert (wo nur hatten alle anderen Frauen ihre Augen gehabt?), und so wurde unser Mexikotrip am letzten Abend von einem langen, einem sehr langen, vielversprechenden Kuss gekrönt.

Und damit war es nicht vorbei, nein, das war erst der Anfang.

Wolf erkundigte sich nach meinem Flugplan und schaffte es irgendwie, mit seinen Kollegen zu tauschen, so dass wir unsere zart aufblühende Liebe in den nächsten Wochen in Los Angeles, Tokio, Kuala Lumpur und anderen exotischen Orten dieser Welt vertiefen konnten. Von mir aus hätte es auch

Wanne-Eickel oder Grevenbroich sein können, das hätte meinem Glück keinen Abbruch getan.

Auch zu Hause in Hamburg trafen wir uns an unseren freien Tagen. Ich erlebte diese Zeit wie im Rausch.

So etwas war mir wirklich lange nicht mehr passiert. Meine Träume von einem liebenden Ehemann und einer kleineren Kinderschar hatte ich schon erfolgreich auf Eis gelegt gehabt, denn in der Liebeslotterie hatte ich ja bisher nur Nieten gezogen.

Und nun das! Manchmal wusste ich gar nicht so recht, ob ich mich über diese heftige und unerwartete Wiederbelebung meiner Träume freuen sollte, denn verliebt zu sein ist bei allem Glück auch überaus anstrengend, besonders, wenn man noch nicht sicher ist, ob die rosaroten Bilder im eigenen Kopf denen des Objektes der Begierde gleichen.

Wolf war mein Traummann, schlicht und ergreifend. Ich liebte einfach alles an ihm: sein immer etwas spöttisches Lachen, seinen ein kleines bisschen schiefen linken Schneidezahn, seine breiten Schultern, seinen runden Po, wenn er enge Jeans anhatte, seine heitere Gelassenheit, wenn ich mich über irgendetwas aufregte. Aber das Beste war, dass auch er mich für ein Geschenk des Himmels zu halten schien!

Hier war endlich ein Mann, der in der Lage war, über seine Gefühle zu sprechen – und diese Gefühle galten mir!

Wir saßen in einem gemütlichen kleinen Café in San Francisco mit einem traumhaften Blick auf die Golden Gate Bridge, als Wolf meine Hand nahm und sagte: »Steffi, du bist die Frau, auf die ich immer gewartet habe! Mit dir möchte ich alt und grau werden, aber vorher viele schöne Jahre verbringen. Willst du zu mir ziehen? Willst du jeden Morgen neben mir aufwachen? Willst du deine Zahnbürste neben meine ins Glas stellen? Willst du, Steffi Blume, die Frau meines Lebens werden?«

Ja, ja, jaaa! Und ob ich das wollte, genau das!

Und so zog ich also nur drei Monate nach unserem gemeinsamen Mexikoflug zu ihm in seine große Altbauwohnung im Hamburger Stadtteil Uhlenhorst und war glücklich.

4

Es war ein Tag Ende November, als ich die Augen aufschlug in Wolfs schönem Schlafzimmer. Für mich war es immer noch nicht selbstverständlich, hier aufzuwachen, neben Wolf, der auch im Schlaf aussah wie des lieben Gottes Meisterstück.

Wenn ich gewusst hätte, dass mit diesem Tag die schlimmste Zeit meines Lebens anfangen würde, dann wäre ich gar nicht erst aufgestanden.

Aber ich hatte keine Ahnung, nicht den allerblassesten Schimmer, und so drehte ich meinen Kopf in das wohlige Schnarchgeräusch vom Nachbarkopfkissen und flüsterte: »Ich liebe dich so sehr, dass ich platzen könnte.«

Der Mund, aus dem das Schnarchgeräusch kam, öffnete sich, und ich beugte mich blitzschnell über ihn und küsste ihn, weil es schon eine Ewigkeit her war, mindestens acht Stunden, und ich es keine Sekunde länger ohne Kuss aushielt.

»Dicke, fette Liebe, mein Schatz«, murmelte ich und betrachtete ihn. Auch beim Aufwachen sah er so aus, dass es mir richtig das Herz abschnürte – so sehr liebte ich ihn, so demütig war ich vor Dankbarkeit, dass es ihn in meinem Leben gab. Wolf, mein ganz großes Glück, die ganz große Liebe.

Heute war der erste Advent. Ich hatte unsere (wie sich das anhörte: unsere) Wohnung geschmückt, jede Menge Kerzen, Engel, Tannenzweige. Die vielen schönen Sachen, die ich in den letzten Jahren von meinen Reisen mitgebracht hatte, kamen erst hier richtig zur Geltung, wie mir schien. Alle meine Schätze hatten endlich ein Zuhause gefunden, und ich mit ihnen!

Wolf hatte mir zugesehen und gelacht. »Weihnachten ist nicht so mein Ding, Schatz, aber tob dich ruhig aus, wenn es dir Spaß macht!«

Ja, es machte mir Spaß, und ich würde diesen Weihnachtsmuffel schon noch bekehren, denn für mich war Weihnachten immer schon der Höhepunkt des Jahres gewesen. Für mich fing Weihnachten am ersten Advent an und dauerte bis zum sechsten Januar, dem Dreikönigstag. So war es schon bei uns zu Hause gewesen. Wir hatten jede Menge Traditionen und Rituale gepflegt, angefangen mit dem Schneemann, einer kleinen, inzwischen etwas in die Jahre gekommenen Figur, der immer am ersten Advent aus dem Winterland angeflogen kam mit den klein gezauberten Weihnachtsgeschenken für die Familie unter seinem Hut, die er dann am Heiligen Abend wieder groß zaubern würde, bis hin zu selbst gemachten Adventskalendern. Ich war entschlossen, meinen Wolf ebenfalls für diese Rituale zu erwärmen. Er würde dieses erste Weihnachten mit mir sehr genießen und sich dann nicht mehr gegen meine »Weihnachtsmacken« sträuben.

Die Geschenke für ihn hatte ich schon gekauft, sie waren vor lauter Liebe viel üppiger ausgefallen, als ich mir eigentlich leisten konnte. Aber da ich einfach immer an ihn dachte, fand ich bei jedem Einkaufsbummel Dinge, über die Wolf sich bestimmt freuen würde: einen Kaschmirpullover, der seinen herrlichen, muskulösen, aber zum Glück nur ganz bisschen behaarten Oberkörper noch besser zur Geltung bringen würde, eine CD mit mexikanischen Schnulzen, bei der er an unseren ersten Kuss denken sollte, Zubehör für seine andere große Liebe, sein Sportauto.

Auch die Weihnachtstage hatte ich schon genauestens durchgeplant: am Heiligabend nach dem Gottesdienst die Bescherung zu Hause, dann den ersten Teil des Weihnachtsoratoriums von Bach zusammen anhören, dann ein wunderbares Essen mit verschiedenen Gängen. Jeder Gang sollte typisch für ein Land sein, in dem wir bisher schon zusammen gewesen waren: Avocado-Papaya-Salat mit Limonensaft (Mexiko), dann ein paar Sushi (Japan), dann gebratene Auberginen, Kichererbsenbällchen und Petersiliensalat (Orient) und zum Nachtisch Schokoladenmuffins (New York), dazu Champagner.

Eine ungewöhnliche Menüzusammenstellung für eine außergewöhnliche Liebe.

Am nächsten Tag war dann ein Besuch bei meinen Eltern geplant, denen ich ihn unbedingt endlich vorstellen wollte. Meine drei Schwestern Sophie, Liana und Evelyn brannten bereits darauf, Wolf endlich kennenzulernen, denn bisher hatte ich mein Glück mit ihm allein genießen wollen. Aber nun war es langsam an der Zeit, ihn »offiziell« zu machen.

Die Details meiner Weihnachtsplanung hatte ich bisher für mich behalten, aber jetzt wollte ich Wolf einweihen, also ließ ich auf meinen ersten Kuss noch ein paar weitere folgen, bis mein Traumprinz leise grunzte, verschlafen die Arme nach mir ausstreckte und mich an sich zog.

»Was ist denn? Mein Flieger geht doch erst in vier Stunden, ich könnte doch noch ein bisschen schlafen, oder? Oder hast du vielleicht andere Pläne mit mir, vielleicht ausgiebigen Abschied feiern?«

Wolf musste heute ohne mich nach Los Angeles fliegen, und ich wollte ihm vorher von meinen Plänen erzählen. Das musste ich allerdings noch ein bisschen aufschieben, denn Wolfs Abschiede haben es einfach in sich.

Viel später machte ich uns einen Cappuccino, den mein Schatz immer nur mit oben auf den Milchschaum gestreutem Zucker trinkt, brachte ihn ans Bett, kuschelte mich auch noch mal in die Kissen und eröffnete das Gespräch: »Also, Liebling, was Weihnachten betrifft, da habe ich mir Folgendes überlegt: Ich komme am 23. Dezember aus Kairo zurück, das ist gut, kaum Zeitverschiebung, da hab ich dann keinen Jetlag und kann sofort ... Was ist denn?«

Wolf wedelte mit beiden Händen, um mich zu stoppen und sich Gehör zu verschaffen, außerdem gefiel mir sein Gesichtsausdruck überhaupt nicht. Er sah ziemlich betreten aus, und sein schlechtes Gewissen war nicht zu übersehen.

»Nun sag bloß nicht ... du hast doch gesagt, dass du frei ...«, stammelte ich entsetzt, denn ich ahnte, dass ich seine folgenden Worte eigentlich lieber nicht hören wollte.

»Ach, mein Herzblatt, nun mach doch bloß nicht so ein Gesicht, Claudio Martini ...«

Claudio Martini war auch Kapitän bei uns, ein Kollege, den ich eigentlich immer sehr gemocht hatte. Jedenfalls bis zu diesem Augenblick.

»Ja und? Was ist mit diesem Claudio?«, fragte ich schärfer, als ich eigentlich beabsichtigt hatte.

Irritiert schaute Wolf mich an. Wohl hatte es schon die eine oder andere Reiberei zwischen uns gegeben, aber richtig gestritten hatten wir uns bisher noch nie.

»Dieser Claudio«, sagte er kühl, das Lächeln war aus seinem Gesicht verschwunden, »dieser Claudio sollte Weihnachten nach Singapur fliegen, ein toller Flug mit drei freien Tagen vor Ort, aber seine Frau hat ihm die Hölle heißgemacht, weil ja Weihnachten ist. Sie haben drei kleine Kinder, und seine Schwiegereltern aus Italien haben sich angekündigt, also muss der arme Kerl seinen Flug tauschen und hat mich gebeten, für ihn einzuspringen. Ich hab natürlich sofort zugegriffen, denn du hast ja frei, da könntest du mitkommen. Ein richtiger kleiner, romantischer Urlaub, mit dem man dem nervigen Weihnachtsstress hier entfliehen könnte!«

»Nerviger Weihnachtsstress? Ich höre wohl nicht richtig! Seit Wochen freue ich mich auf unser erstes Weihnachten zusammen, ich habe Kekse gebacken, Geschenke gekauft, mir unser Weihnachtsmenü ausgedacht, meine Familie freut sich auf uns. Und wie kommst du dazu, einfach unsere Pläne zu ändern, ohne mich zu fragen? Das finde ich eine Unverschämtheit!«

Meine Stimme, ich musste es leider zugeben, hatte einen ziemlich unangenehmen, schrillen Tonfall angenommen. Ich merkte es selbst, war aber so in Fahrt, dass ich es nicht ändern konnte.

»Unsere Pläne? Das ist ja wohl ein Scherz.« Wolf war ein bisschen blass geworden. Er schrie nicht, seine Stimme war ganz ruhig, aber leider auch ganz kalt. »Hast du mich in die Planung vielleicht einbezogen? Hast du jemals gefragt, was ich will? Hast du die leiseste Ahnung, wie sehr mir dieses ganze kitschige Heile-Welt-Getue alle Jahre wieder zum Hals heraushängt?«

Das war zu viel. »Kitschig? Getue? Was fällt dir ein, du zynischer, kalter Mistkerl ...«

»Es reicht, Stephanie, lass mich bitte durch, ich möchte duschen, denn mein Arbeitstag ist heute lang.« Damit schob er mich zur Seite, stand auf, ergriff seinen Bademantel und verschwand im Badezimmer.

Ich blieb wie vom Donner gerührt zurück. Stephanie! So hatte er mich noch nie genannt. Es schrillte mir in den Ohren wie die schlimmste Beleidigung, wie das Ende aller Freuden, allen Glücks. Ich hasste ihn für seine kalte Stimme, für diesen Widerwillen, mit dem er mich angesehen hatte, so als wäre ich eine eklige Spinne oder sonst ein unangenehmes Insekt. Und dann ging er einfach unter die Dusche; ich konnte das Wasser rauschen hören, so als wäre nichts passiert, als hätte er nicht gerade eben meine – wie hatte er gesagt? – heile Welt, genau, in Trümmer gelegt.

Wie konnte er nur? Ich kochte vor Wut und ergriff das Kissen, auf dem sein Kopf eben noch gelegen hatte, und boxte mit aller Kraft hinein. Das brachte aber nicht genügend Linderung, ich guckte wild im Zimmer umher, um etwas zu finden, das ich vielleicht zertrümmern könnte. Da hörte ich neue Geräusche aus dem Badezimmer: Wolf pfiff ein Liedchen unter der Dusche – nein, das konnte doch wohl nicht wahr sein, er pfiff »Stihille Nacht, heilige Nacht«!

Das war ja wohl der Gipfel, er veralberte mich auch noch! Ich griff nach seinem kürzlich in Hongkong erworbenen schwarzen iPod nano und versenkte ihn in Wolfs großem Aquarium. Die Fische glotzten blöd, so blöd, wie ihr fieses, kaltherziges Herrchen auch gleich aus der Wäsche gucken würde, so hoffte ich jedenfalls. Dann sprang ich in irgendwelche Klamotten und wollte nur noch weg aus Wolfs Wohnung, die sich auf einmal gar nicht mehr wie mein Zuhause anfühlte.

Ich knallte die Haustür zu und stürzte die Treppe hinunter, dabei verlor ich einen meiner Schuhe, die ich in der Eile nicht richtig zugebunden hatte. Er donnerte vor mir die Stufen hinunter, und ich rieb mir fluchend meinen linken Fuß, den ich mir bei dieser unrühmlichen Gelegenheit umgeknickt hatte. Ich war so wütend und unglücklich, dass ich in Tränen ausbrach.

»Alles geht schief, alles! So ein absoluter Scheißtag!«

»Na, na, na!«, kam da eine tiefe Stimme aus der Etage unter mir. »So schlimm? Das scheint mir ja ein Fall für meine Notfalltropfen zu sein!«

Entsetzt darüber, dass es für meinen peinlichen Auftritt einen Zeugen zu geben schien, wischte ich mir hastig die Tränen vom Gesicht und schaute nach unten. Am Fuß der Treppe stand ein schlanker Mann mit freundlichen grauen Augen, meinen abgestürzten Schuh wie eine Trophäe in der Hand.

»Ach, Igor, du bist es nur! Ein Glück!«

Igor Michailowitsch Woronow war unser Nachbar, er wohnte in der Wohnung unter uns und hatte dort auch seine Praxis als Heilpraktiker für chinesische Medizin eingerichtet. Er war ein sehr angenehmer Mann, mit dem ich schon so manch netten Plausch im Treppenhaus abgehalten hatte.

Gerade jetzt war ich sehr froh, ihn zu sehen, denn auf meiner wilden Flucht hatte ich noch nicht einmal einen Mantel mitgenommen, und ich wollte im Moment auf keinen Fall in die Wohnung zurück, wo Wolf inzwischen sicherlich mein Attentat auf seine Elektronik und seine Fische bemerkt hatte.

Ich versuchte also ein Lächeln und sagte: »Notfalltropfen? Das klingt genau richtig!«, und ließ mich humpelnd von Igor in Richtung seiner Haustür schieben. Er schloss auf, da hörte ich unsere Haustür im Stockwerk über uns auch aufgehen.

»Stephanie?«, klang Wolfs Stimme unheilvoll aus dem oberen Stockwerk.

Ich hüpfte eilig über Igors Türschwelle in Sicherheit und machte ihm Zeichen, schnell seine Haustür zu schließen.

»Nanu? Ob da wohl die Notfalltropfen reichen werden? Bedroht er dich, soll ich vielleicht die Polizei rufen? Ich könnte auch selber ... du weißt ja, ich mache Karate!«

Ich schaute in Igors Gesicht, auf seiner Stirn war eine steile Zornesfalte erschienen, die ihn sehr grimmig aussehen ließ. Ich fühlte mich gleich viel besser.

»Sehr nett von dir, vielen Dank, aber das ist wirklich nicht nötig. Viel lieber trinke ich einen von deinen furchtbar gesunden Kräutertees mit dir und erzähle dir alles.«

»Na schön, wie du meinst.« Igor reichte mir ein Taschentuch, in das ich dankbar mein verschmiertes Gesicht versenkte, bugsierte mich zu einem gemütlichen Sessel und machte sich dann daran, einen Tee zu kochen. Er streute irgendwelche Kräuter, die ich noch nie gesehen hatte, in einen Becher, murmelte irgendwas auf Russisch vor sich hin, und ich fing an, mich etwas zu entspannen.

»Also, dann erzähl mal. Aber wehe, es gibt keine gute Erklärung für das Gebrüll eben, ich kann es gar nicht leiden, wenn man Frauen nicht anständig behandelt! Und während du erzählst, kümmere ich mich mal um deinen Fuß!«

Er goss heißes Wasser auf die Kräuter in meinem Becher, dann holte er ein Kissen, setzte sich vor mich hin und ergriff meinen verletzten Fuß.

»Aua! Ich hoffe, du weißt, was du da tust!«, stöhnte ich, aber dann fiel mir mein anderer Schmerz wieder ein, mein Herzschmerz, der tausendmal schlimmer war als der dämliche Fuß.

Ich erzählte Igor alles. Von meiner großen Liebe zu Wolf, meiner Hoffnung auf eine Familie mit ihm, von Mexiko, von Weihnachten, von meinen Eltern, meinen Schwestern, wie würde ich denn vor ihnen dastehen, wenn ich Weihnachten ohne den versprochenen Traumprinzen am Arm erscheinen würde? Vom Schneemann erzählte ich, der bei seiner Ankunft heute so eine hässliche Szene hatte miterleben müssen, von dem Kaschmirpulli, den ich für Wolf gekauft hatte, und schließlich von Wolfs Fischen und meiner Bereicherung ihres Aquariums.

Igor unterbrach mich kein einziges Mal. Bei der Erwähnung des Schneemannes schmunzelte er, die Fische entlockten ihm schließlich ein: »Wow! Eine Frau der Tat!«

Es tat gut, sich alles von der Seele zu reden, und Igor konnte großartig zuhören. Aber nicht nur das, jetzt bekam ich auch etwas zu hören.

»Steffi, du bist eine tolle Frau, kein Zweifel! Aber lass dem armen Kerl doch ein bisschen Zeit! Ihr kennt euch gerade ein paar Monate. Ich kenne Wolf schon viel länger, als Nachbar jedenfalls. Da hab ich einige Frauen kommen und gehen sehen in dieser Wohnung, das kannst du mir glauben, aber keine ist je bei ihm eingezogen. Seine Mutter ist so eine elegante, kühle Hanseatin, die hab ich noch nie lächeln sehen. Als Haustiere hat der Mann Fische! So viel Gefühl wie bei dir hat er noch nie gezeigt, das lass ihn doch erst mal verdauen! Die Breitseite mit Weihnachten und deiner Familie, das ist wohl im Moment zu viel. Weihnachten kommt nächstes Jahr wieder, bis dahin schafft er es auch, es so mit dir zu feiern, wie du es dir vorstellst!«

»Oh. Ich bin ihm zu gefühlig, meinst du?«, schniefte ich. Es klang ja sehr vernünftig, was Igor da sagte, aber wenn man endlich seinen Traumpartner gefunden hatte, warum dann noch Zeit verlieren? Immerhin hatte ich mir bisher das Thema Babywunsch verkniffen, ich fand eigentlich, dass ich schon recht behutsam gewesen war. Aber Igor war ein Mann, vielleicht kannte er seinen Geschlechtsgenossen besser als ich. Obwohl ich es bezweifelte; die Männer, die ich so kannte, kannten ja noch nicht mal sich selbst. Die hielten ihr Herz für ein Organ, das irgendwo zwischen Zwerchfell und Gallenblase lag. Aber vielleicht war Igor die Ausnahme, die die Regel bestätigte.

»Nein, Steffi, in deine Herzenswärme hat er sich ja gerade verliebt, das ist offensichtlich. Schalte einfach einen Gang zurück, lass ihn mitkommen. Dann sehe ich euch nächstes Jahr die Weihnachtslieder gemeinsam unter der Dusche pfeifen!«

Igor grinste und wich geschickt meiner Hand aus, die ihn in den Rücken boxen wollte. Es war ein schmaler Rücken, der in kräftigen Schultern aufhörte, ziemlich muskulös, aber das stellte ich nur am Rande fest. Immerhin, ich stellte es fest.

Plötzlich hörten wir ein lautes Geschepper im Treppenhaus. Ich guckte durch den Türspion und sah gerade noch, wie Wolf in seiner Pilotenuniform, seinen Rollenkoffer wütend hinter sich her zerrend, die Treppe hinunterpolterte.

Ich wollte die Tür aufreißen, ihn nicht so ungeküsst gehen lassen, mich versöhnen, aber da war er schon weg. Was bei genauerer Überlegung wohl ein Glück war, denn vielleicht hätte es nicht so sehr versöhnlich gewirkt, wenn er mich nach unserem ersten Streit aus der Wohnung eines anderen Mannes hätte kommen sehen, ohne Strümpfe – auch wenn dieser andere Mann nur Igor war.

»Vielen Dank! Für die Rettung, das Taschentuch, den Beruhigungstee, die Fußmassage – es tut gar nicht mehr weh! Wie hast du das bloß gemacht? Fürs Zuhören und die Ratschläge! Du bist wirklich ein Schatz, hast was gut bei mir!« Mit diesen Worten zog ich Strümpfe und Schuhe wieder an und machte mich auf den Weg in meine einsame, verlassene Wohnung, in der nur ein paar schlecht gelaunte Fische und der Schneemann auf mich warteten.

5

Als ich mit einem sehr schlechten Gewissen die Wohnungstür aufschloss, sah ich sofort, wie wütend Wolf auf mich gewesen sein musste, als er gegangen war. Wie ein kleines Kind hatte er seine Sachen einfach durch die Gegend geschmissen. Genauer gesagt, wie ein großes, sehr böses Kind. Seine Schuhe lagen im Flur, aus dem halb offenen Kleiderschrank purzelten die Kleidungsstücke, die er nicht eingepackt hatte, im Bad kullerte sein Zahnputzbecher im Waschbecken. Er war in Eile aufgebrochen, vermutlich, weil er schnell weg und mich nicht mehr sehen wollte. Es war aus! Er liebte mich nicht mehr! Er hatte keine Lust mehr auf eine anstrengende Romantikmaus, die ihn im Weihnachtskitsch ersticken wollte!

Mit einem dicken Klumpen auf dem Herzen ging ich durch die Wohnung, und von Zimmer zu Zimmer wurde mein Herz immer schwerer und trauriger. Ich setzte mich auf den Badewannenrand und dachte an unser letztes gemeinsames Bad – überall Kerzen, und auf dem Fensterbrett mein CD-Player, in dem wir stundenlang immer wieder mein absolutes Lieblingslied gespielt hatten: »Endlich du« von Gershom Ohev.

Ich legte die CD ein, und während ich weiterging, lief das Lied mir nach.

»Willst du es noch einmal wagen,
Brauchst du nur ein Wort zu sagen,
Mit dir trau ich mich.«

In der Küche setzte ich mich an den Tisch. Seine Tasse war noch halb voll. Ich trank einen Schluck und dachte daran, wie niedlich ich es fand, dass er drei Stücke Zucker hatte hineinplumpsen lassen. Und wie süß seine Küsse danach geschmeckt hatten.

»Deine Blicke, deine Gesten
Wandern nicht von mir zur nächsten
Mir dir trau ich mich.«

Ich stand vor dem offenen Kleiderschrank und wühlte mein Gesicht in seine Sachen. Wie gut seine Pullover rochen, dieser Duft aus Tabak (Wolf rauchte manchmal Pfeife), Rasierwasser und Wolf ...

Ich sterbe, wenn er mich verlässt, dachte ich und wischte mir mein nasses Gesicht mit einem verschwitzten Hemd ab, das er auf dem Boden liegen gelassen hatte.

»Du bist wichtig, du bist richtig
Alles vorher, alles nachher
Gibt es nicht mehr, ist ganz nichtig.
Du bist jetzt und hier.«

Im Wohnzimmer stellte ich mich vor sein Aquarium und starrte einen Moment die schwimmenden Fische an. Auf dem sandigen Boden lag das Corpus Delicti. Ich überwand mich, griff von oben in die glitschige Brühe und fischte es heraus. Ob ich es einfach abwischen und so tun sollte, als ob? Die blöden Fische würden mich ja wohl kaum verpetzen. Andererseits bin ich ein ehrlicher Mensch, und das wollte ich auch bleiben. Und der ertrunkene iPod war im Augenblick das geringste meiner Probleme. Meine große Liebe war ertrunken, und es war einzig und allein meine Schuld. Ich legte mich aufs Sofa, lag einfach nur so da und versank in meinem Schmerz. Mein Herz fühlte sich so schwer an, dass ich es unwillkürlich festhielt, weil ich Angst hatte, es würde aus mir herausfallen. Einfach so. Auf den Teppich.

»Endlich hab ich dich gefunden,
Alles führte hin zu dir.
Über Wolken, über Meer.
An dich bleib ich gern gebunden
Mit dir trau ich mich,
Ich liebe dich.«

Ich musste ihn anrufen. Sofort. Ich musste einfach seine Stimme hören, egal, was er mir sagen würde. Es ist aus, Steffi, ich hab keine Lust mehr. Es ist mir zu anstrengend mit dir. Aber lass uns Freunde bleiben. O Gott, wie sollte ich das aushalten? Wenn er mich nicht mehr liebte, würde ich zu einem nassen Fleck schmelzen und einfach vertrocknen. Ohne ihn hätte mein Leben keinen Sinn mehr. Weil ich dann zu einer alten, ungeliebten Jungfer verschrumpeln würde, die ganz allein in ihrer kleinen Wohnung sterben würde. Niemand würde es bemerken, bis es aus meinem Briefschlitz nach Leiche roch und die Nachbarn die Polizei riefen!

Wo war mein Handy? Meine Nabelschnur zum Glück oder zum tiefsten Unglück? Dort hatte ich seine Handynummer gespeichert.

Ich fand es unter meinem Kopfkissen im Schlafzimmer.

»Du bist wichtig, du bist richtig
Alles vorher, alles nachher
Gibt es nicht mehr, ist ganz nichtig.
Du bist jetzt und hier.«

Mit zitternden Fingern gab ich seine Nummer ein. Nachdem ich mich dreimal vertippt hatte, war ich kurz vor dem Stressinfarkt. Die Sekunde, die es dauerte, bis ich nach dem vierten Mal endlich sein Freizeichen hörte, reichte, um mein Herz auf Presslufthammertakt zu bringen. Meine Güte, war Liebesstress anstrengend, körperlich anstrengend! Endlich seine Stimme! Wie ich sie vermisst hatte! Ich würde ihm alles erklären, er würde mir verzeihen, alles wäre wieder gut!

»Leider Pech gehabt, ich bin irgendwo über den Wolken und freue mich bei meiner Landung über gute Nachrichten.«

Mist, dachte ich, andererseits war es besser so. Kein Geschluchze auf der Mailbox. Ich legte auf, und da sah ich das Handy. Er hatte es auf seinem Nachttisch vergessen, wo es leise vor sich hin vibrierte. Aber ohne sein Handy fühlte Wolf sich wie amputiert – und hier war meine Chance, alles wiedergutzumachen.

Ich zog mich blitzschnell an, und raste die Treppe hinunter. Wenn ich mich richtig beeilte, würde ich es noch schaffen. Abflug des Los-Angeles-Fliegers war in zwei Stunden, also würde er in einer halben Stunde ins Briefing gehen, wo er seine Crew treffen und die Einsatzbesprechung halten würde. Das könnte gerade noch klappen. Vielleicht könnte ich ihn vorher abfangen, ihn kurz zur Seite ziehen und ihm in die Arme sinken. Verzeih mir, mein Schatz, ich liebe dich – und wenn du mich nicht mehr wiederliebst, dann spring ich in die Elbe!

Die erste Ampel schaffte ich bei Dunkelgelb, die zweite leider nicht. Noch fünfzehn Minuten, dann war er im Briefingraum, und es war zu spät. Ich nahm jetzt keinerlei Rücksicht mehr auf die Straßenverkehrsordnung. Kurz vor dem Flughafen sah ich es aus dem Augenwinkel aufblitzen, Mist, Verkehrskontrolle – das würde teuer werden, aber jetzt hieß es Prioritäten setzen. Mein Auto parkte ich im Halteverbot, wenn schon, denn schon, und raste auf das Hauptgebäude unserer Airline zu. Zum Glück hatte ich in meiner Hast an meinen Ausweis gedacht, durchs Drehkreuz und ...

Am Crew-Check-in saß zum Glück Herbert, mein alter Verehrer, da musste ich mich nicht lange mit Höflichkeiten aufhalten.

»Hallo, Herbert, in welchem Raum läuft das LAX-Briefing?«, rief ich atemlos.

Herbert grinste schief. »So eilig? Hat dein Schatz seine Stullen vergessen oder was?«

»Nun sag schon, witzig werden kannst du später!«, knirschte ich.

»Okay, okay, Raum 14, aber das Briefing läuft schon!«

Oh nein, das durfte doch nicht wahr sein! Alles zu spät! Wie von Sinnen raste ich zu Raum 14. Von drinnen hörte ich Wolfs Stimme: »... haben wir heute eine Flugzeit von 11 Stunden 35, viel Gegenwind. Dafür wird der Rückflug übermorgen dann ein bisschen kürzer. Besonderheiten auf der Strecke haben wir heute nicht, nehmt die Toilettenchecks ernst, es ist ein langer Flug, da kommt so manch einer gern auf dumme Gedanken und raucht vielleicht heimlich. So, noch Fragen?«

Wie müde seine Stimme klang, wie traurig! Es gab mir einen Stich ins Herz. Ohne weiter zu überlegen, riss ich die Tür auf, die sechzehn erstaunten Gesichter meiner Kolleginnen und Kollegen nahm ich gar nicht wahr.

»Ja, eine Frage noch, nein, zwei: Verzeihst du mir bitte? Und liebst du mich noch?«

Es war so ein Moment, an den man sich sein ganzes weiteres Leben erinnert. Erst mal passierte eine Ewigkeit lang gar nichts. Niemand bewegte sich, keiner sagte irgendetwas, wahrscheinlich war die Zeit vor lauter Schreck einfach stehen geblieben. Ich starrte Wolf an, sah nur sein Gesicht. Er starrte auch. Aber dann verzog er sein Gesicht und grinste schief. Er breitete die Arme aus, und ich flog hinein und schniefte in seine bis dahin makellose Uniformjacke. Es folgte ein donnernder Applaus der Crew, die wahrscheinlich mit so guter Unterhaltung zu Arbeitsbeginn nicht gerechnet hatte.

Ja, es war peinlich, sehr peinlich, aber das war gar nicht wichtig. Wichtig war nur, dass Wolf noch mein Wolf war, dass er mich noch genauso liebte wie vor unserem dummen Streit und dass er nicht unversöhnt um die halbe Welt von mir wegflog. Wir würden jetzt natürlich das Tagesgespräch der Firma sein, dieses Briefing würde mit Sicherheit in den Anekdotenschatz unserer Airline eingehen, ich würde bestimmt noch wochenlang bei diversen Flugeinsätzen damit gefrotzelt werden, aber was machte das schon aus? Wolf hatte mir verziehen, er hatte mir sogar meinen unorthodoxen Versöhnungsauftritt verziehen.

6

Wie auf rosa Wolken schwebte ich wieder zu meinem Parkplatz und stieg in mein Auto, das ich vor lauter Aufregung nicht abgeschlossen hatte. Zum Glück gab es außer ein paar alten Zeitschriften auf dem Rücksitz nichts zu stehlen in meiner alten Rostlaube.

Schusseline, schimpfte ich mich an, als ich einstieg und zu meinem Sicherheitsgurt griff, der, wie immer, völlig verdreht war. Ich fluchte leise und beschloss, unangeschnallt zu fahren, obwohl ich einen Großteil meines Berufes mit dem Satz »Bitte schnallen Sie sich an« in allen Sprachen verbrachte. Aber Theorie und Praxis waren ja schon immer sehr zänkische Schwestern.

Den Weg bis zur ersten Ampel legte ich mit überhöhter Geschwindigkeit zurück, weil ich mich zu Hause noch einmal ins Bett legen, ein bisschen an Wolfs Kissen schnüffeln und zwischendurch einen Becher Schokolade mit Cointreau und ganz viel Schlagsahne trinken wollte. Das Rundum-Genießerprogramm, das ich mir nach diesem stressigen Vormittag wirklich verdient hatte. Mist, schon wieder Rot, ich stoppte mit quietschenden Bremsen, die dringend mal wieder geölt werden mussten. In diesem Moment klingelte Beethovens »Eloise« vom Rücksitz. Wolfs Handy! In der Aufregung hatte ich es vergessen, so ein Mist!

Ich drehte mich um, es wurde Grün, hinter mir hupte es

ärgerlich, ich fuhr weiter, kleiner Stau hinter einem Linksabbieger, der irgendwie drei Tage brauchte, um abzubiegen Es klingelte wieder, also griff ich nach dem Handy.

»Hallo?«, sagte ich, etwas angespannt, weil ich das Handy mit der Schulter einklemmte, während ich mit einer Hand das Auto lenkte und neben mir ein Polizeiwagen fuhr. Mit einer jungen Polizistin darin, die streng zu mir herüberblickte.

»Wer ist denn da?«, fragte eine weibliche Stimme, die mich so verschreckte, dass ich das Handy zu Boden plumpsen ließ. Diese Stimme! Wie roter Samt in Schokolade getaucht, einfach ätzend! Wer sprach denn so, so verflucht sexy? Wolf hatte mir nicht erzählt, dass er so eine Stimme kannte. Wie konnte er mir das verschweigen? Denn seine Mutter war's ganz bestimmt nicht, die hatte ich auf einem Foto gesehen, als ich ein bisschen in seinen Fotoalben schnüffelte, eine große, drahtige Frau, textil in Totalbeige. Sie sah streng und ungemütlich aus, und dass sie nie lächelte, wusste ich ja schon von Igor. Ich würde mir deshalb etwas ganz Besonderes überlegen müssen, um sie davon zu überzeugen, dass ich die beste Schwiegertochter der Welt werden würde. Wer also war diese Stimme, die mir den Tag wieder verdarb, nur durch ihre akustische Anwesenheit?

Irgendwie unruhig verkribbelt, fuhr ich nach Hause, parkte entnervt ein, nachdem ich dreißig Mal vergeblich um den Block gefahren war. Ich stieg aus, und mein blödes Herz wollte gar nicht aufhören, viel schneller zu klopfen, als es das bei normalem Treppensteigen eigentlich durfte. Ich schloss die Tür auf, es klingelte wieder, diesmal in meiner Tasche, in die ich das Corpus Delicti gestopft hatte.

Ich fummelte es heraus. »Hallo«, keifte ich in den Hörer, »wer sind Sie?«

Ein leises Lachen, das akute Mordgelüste in mir auslöste, schallte mir entgegen. »Ist dies nicht das Handy von Wolf?«

»Ja, das ist es, was wollen Sie?« Ich hörte selbst, wie ruppig meine Stimme klang, aber ich konnte es nicht ändern. Ich wollte es auch gar nicht.

»Sind Sie die Haushälterin?« Die Stimme blieb so freundlich, dass ich ihrer Besitzerin am liebsten die Augen ausgekratzt hätte.

»So etwas Ähnliches«, krächzte ich, vor Empörung blieb mir die Stimme weg. »Darf ich fragen, wer Sie sind und was Sie von ihm wollen?«

»Ich will nicht unhöflich sein, aber geht Sie das etwas an? Ich möchte Wolf sprechen, wo ist er denn? Sein Flug geht doch erst in einer Stunde!« Die Stimme kannte also sogar seine Flugpläne, das wurde ja immer schöner!

»Er hat sein Handy vergessen«, sagte ich. »Soll ich ihm etwas ausrichten?« Wieder dieses Lachen.

»Sagen Sie ihm, ich freue mich schon wahnsinnig auf ihn, er soll mich gleich anrufen, wenn er aus Los Angeles zurückkommt.«

Ich spürte das Knirschen meiner Zähne bis in die Zahnwurzeln. Ein ausgesprochen unangenehmes Gefühl, das sich auf meinen Nerven anfühlte wie Pfeffer in einer offenen Wunde.

»Dann sagen Sie mir doch freundlicherweise, wer sich so wahnsinnig auf ihn freut.« Meine Stimme klang nach in Salzsäure eingelegten Essiggurken.

»Daisy Duck!«, trillerte sie zurück mit einer Stimme, die nach Rosenblättern in Honig getaucht klang.

Aufgelegt.

Daisy Duck! Hörte sich an wie blond und vollbusig. Wie roter Kussmund und perlweiße Zähne. Wie höchstens zweistelliger IQ.

Meine Ruhe war dahin. Wie konnte Wolf mir das nur antun? Mich mit so einer Stimme betrügen?! Ich versuchte nachzudenken. Zu so einer Stimme musste es ja schließlich noch weitere Indizien geben. Briefe, Fotos, die eine oder andere SMS, Nachrichten auf seiner Mailbox. Was wusste ich? Den Namen. Oder hatte diese platinblonde Sexbombe mich nur veräppelt?

Ich stürmte in unser Schlafzimmer und kramte fieberhaft in Wolfs Nachttischschublade herum. Ein paar Kondome mit Pina-Colada-Geschmack (ich lächelte wehmütig bei dieser speziellen Erinnerung, ein Hotelzimmer mit Ventilator an der Wand und Blick aufs Meer), ein paar Melatonintabletten gegen Jetlag, ein paar Fotos. Ha!

Aufgeregt blätterte ich sie durch, aber auf allen grinste ich mir selbst entgegen. Wie bescheuert glücklich ich auf allen aussah, wie eine verliebte Kuh, die keine Ahnung hat, dass bald der Schlachter kommt.

Weiter im Text. Wie gut, dass er sein Handy hiergelassen hatte! Also, »Mitteilungen« gedrückt, weiter zu »Eingang«. Er schien all mein Liebesgesäusel gespeichert zu haben, und es war mir richtig peinlich, das anzuhören. Mein Adrenalinspiegel senkte sich langsam wieder ab. Hatte ich ihm am Ende Unrecht getan? Doch halt, da war eine SMS mit mir unbekanntem Absender. Ich öffnete sie: »Donald, mein Süßer, ich vermisse dich! Freu mich auf dich, bis dahin: siehe Foto, deine Daisy.« Zitternd öffnete ich das Foto im Anhang, und da war sie. Blond, leider wirklich attraktiv und machte einen Kussmund in die Kamera.

Angewidert schleuderte ich Wolfs Handy in hohem Bogen von mir. Das durfte doch wirklich nicht wahr sein! Und ich blödes Huhn machte mich vor sämtlichen Kollegen zum Oberdeppen der Airline! Ich sentimentales Schaf, mit mir konnte man es ja machen, wahre Liebe, was für ein Witz!

Ja, ein Witz auf meine Kosten, verdammte rosarote Brille auf meiner Nase, wieso hatte ich auch angenommen, so ein Prachtexemplar wie Wolf für mich allein haben zu können, andere Frauen waren auch nicht blind und Wolf schon gar nicht! Wie hatte Igor gesagt, ich sollte Wolf Zeit lassen? Zeit wofür? Mich mit Daisy Strohblondunddoof zu betrügen?

Oh Scheiße, Scheiße! Ich warf mich aufs Bett, auf meine Seite, seine hätte ich duftmäßig überhaupt nicht ausgehalten, und heulte jede Träne, die ich hatte. Und ich hatte verdammt viele.

Irgendwann drang ein Geräusch durch den Nebel der Verzweiflung an mein Ohr. Diesmal war es das Telefon, es klingelte irgendwie energisch. So, als hätte es schon geraume Zeit geklingelt und würde das auch gnadenlos weitertun, bis ich den Hörer aufnehmen würde. Also ging ich dran.

»Ja?«, krächzte ich weinerlich in den Hörer.

»Na endlich, Steffi! Hier ist Igor, du weißt ja, wie verdammt hellhörig dieses Haus ist – also höre ich seit Stunden deinem Schluchzen zu. Was ist denn bloß los? Vorhin bist du doch ganz gefasst hier weggehumpelt!«

Oh, wie tat es gut, seine Stimme zu hören. Teil 1 meines Liebesdramas hatte ich ihm ja schon erzählt, so ging die Fortsetzung dann zügig.

»Und sie sieht so verdammt gut aus, Igor, viel besser als ich!«, schluchzte ich in den Hörer.

»Ich komme«, sagte er, »sonst gibt es noch einen Wasserrohrbruch.«

Eine Minute später riss ich die Tür auf und sank in seine Arme. Obwohl ich einerseits kurz davor war, mich aus dem Fenster zu werfen, war meine Nase trotz der Heulerei doch noch nicht so verstopft, dass ich nicht andererseits festgestellt hätte, wie gut Igor roch.

»Wonach riechst du, Igor?« Ich schnüffelte an seinem Hals.

»Keine Ahnung«, grinste er, »nach mir. Wieso? Stinke ich nach Schweiß?«

Ich schüttelte den Kopf und grinste: »Nein, im Gegenteil, du solltest deinen Geruch auf Flaschen ziehen und an alle Frauen verteilen, die ihren Glauben an die Männer verloren haben.«

Igor sah mich etwas ratlos an, aber ich merkte auch so, dass ich mich etwas vergaloppiert hatte. Mein altes Problem, ich redete zu viel. Ein Wort gab bei mir das andere, ich war einfach als Wasserfall auf zwei Beinen auf die Welt gekommen.

»Ich bin im Augenblick neben der Spur«, entschuldigte ich mich, »aber riechen tust du trotzdem gut. Und jetzt zeig ich dir das blonde Gift, und dann sagst du mir, warum eine Traumprinzessin wie ich für einen Frosch wie Wolf sowieso viel zu schade ist. Ich koch dir auch einen Kaffee, aber du musst wirklich überzeugend sein.«

Wir gingen in die Küche, er setzte sich an den Küchentisch, und ich holte das Handy. Wie trügerisch klein und harmlos es aussah, kein Mensch würde ahnen, wie viele böse, hässliche Frauen in ihm schon dumme, dumme Nachrichten und SMS hinterlassen hatten. Mit spitzen Fingern, so als würde ich fürchten, dass Daisy gleich aus dem Display herausspringen und mir ihrerseits die Augen auskratzen würde, klickerte ich auf den Tasten herum, bis mich ihr blödes, blondes Gesicht wieder angrinste.

»Hier ist sie«, sagte ich und reichte Igor das Handy. »Na, was sagst du?«, fragte ich ungeduldig, weil er nichts sagte, »sieht sie nicht einfach nur bescheuert aus? Und mit so einer Dummtusse muss ich mir den Mann teilen. Eine Unverschämtheit. Los, sag was. Ich will deine ehrliche Meinung. Würdest du dich nicht lieber kastrieren lassen oder ins Kloster gehen, als mit so einer ...«

Es dauerte einen Moment, bis ich begriff, dass das Geräusch aus Igors Mund brüllendes, gellendes Gelächter war. Er lachte und lachte, und ich wurde wütender und wütender.

»Hör auf!«, schrie ich endlich und schüttelte ihn, »hör auf zu lachen! Sag mir, was los ist.«

Doch er stand auf und ging zur Haustür. Ich folgte ihm, stumm vor Entrüstung, was bei mir sehr selten ist. Als er die Klinke schon in der Hand hatte, hielt ich ihn am Ärmel fest: »Sag mir, was los ist oder ich kündige dir die Freundschaft.«

Er drehte sich um und sah mich an. Seine grauen Augen glitzerten wie Kieselsteine. »Sind wir denn schon Freunde, Steffi?«, fragte er.

»Na ja, so was Ähnliches«, stammelte ich und war ein bisschen verlegen. Immer gleich der Holzhammer, du dumme Nuss, schimpfte ich mich aus, immer gleich die Dampfwalze. Noch nie etwas von Zwischentönen gehört, von Takt und Diplomatie? »Ich bin so was von peinlich im Moment«, murmelte ich und spürte zu meinem Horror, dass mir schon wieder die Augen feucht wurden. »Klar bist du noch nicht mein Freund, wir kennen uns ja kaum.«

»Schade«, murmelte Igor so leise, dass ich es fast überhört hätte. Wir standen jetzt voreinander und irgendwie auf einmal so dicht, dass ich sein Herz klopfen hörte. Es klopfte ziemlich schnell und ziemlich laut, aber dann trat er einen großen Schritt zurück. »Ruf ihn an, und frag ihn, wer Daisy Duck ist«, sagte er und trat ins Treppenhaus, »und wenn du dann noch Probleme hast, melde dich bei mir.«

Mit diesen kryptischen Worten verließ er mich und mein Elend, und ich verbrachte die nächsten endlosen Stunden damit, Wolf nicht zu erreichen. Warum nur musste er nach Los Angeles fliegen, einer unserer längsten Flüge überhaupt? In der Luft war er ja leider nicht erreichbar, ich musste also bis zur Landung warten. Ich war inzwischen so erschöpft, so müde geweint und getobt, dass ich mich nur noch aufraffte, die Flugzeit und Busfahrt zum Crewhotel auszurechnen, dann stellte ich mir den Wecker und sank in unser ungemachtes Bett, das noch immer so nach Wolf roch, dass ich schon wieder geheult hätte, wenn ich noch eine Träne übrig gehabt hätte.

Wieso hat Igor bloß so gelacht?, dachte ich noch, bevor ich in gnädiger Bewusstlosigkeit versank.

Als mich um halb zwei Uhr nachts mein Wecker mit diesem absolut grässlichen Geräusch aus meinen Träumen riss (ich hatte gerade mit Wolf unterm Weihnachtsbaum gesessen, er hatte sich mit dem Schneemann unterhalten, und meine Schwestern hatten hinter ihm gestanden und mir anerkennend ihre nach oben gereckten Daumen gezeigt), wusste ich minutenlang überhaupt nicht, wo ich war und was ich jetzt tun sollte. Nun ist mir das als Flugbegleiterin natürlich vertraut. Wenn man sich nach einem endlosen Nachtflug nach, sagen wir mal, Shanghai, im Hotel für zwei, drei Stunden ins Bett legt (für mehr ist keine Zeit, denn der Aufenthalt ist kurz und die Shoppingliste lang), dann weiß man beim Aufwachen oft nicht, ob man Männlein oder Weiblein ist, ganz zu schweigen davon, wo man ist oder welche Tages- oder Nachtzeit gerade angesagt ist.

Mein schöner Traum verblasste, und vor meinem inneren Auge erschien ein anderes Bild, eine großäugige Blondine mit viel zu viel und viel zu blondem Haar.

Wer war Daisy Duck? Ich wollte sie sehen, damit ich ihr den Entenhals umdrehen konnte!

Jedenfalls konnte ich jetzt wieder klar denken. Ich griff zum Telefonhörer, wählte die ellenlange Nummer und bat die freundliche amerikanische Empfangsdame des Hilton Hotels in Los Angeles, mich mit Wolf zu verbinden.

Das Freizeichen ertönte, und ich hielt mit aller Kraft den Hörer fest, damit ich nicht meinem Impuls nachgeben konnte, einfach wieder aufzulegen.

»Ja, hallo?«

Endlich, wie schön, wie männlich seine Stimme ... Halt, dieser Donald machte rum mit seiner Daisy, ich hatte eine Ente mit ihm zu rupfen! Jetzt nur nicht schwach werden!

»Hallo, Wolf, ich bin's, ich wollte ...«

»Steffi! Wie schön! Ich hab den ganzen ewig langen Flug an dich gedacht! Aber wieso bist du denn noch wach? Ist was passiert?«

»Das könnte man so sagen! Ich hab mich deinetwegen zur Lachnummer der Firma gemacht, während du dich mit dieser dummen Gans vergnügst. Seit wann stehst du eigentlich auf Blondinen?«

»Moment mal! Was bitte ist jetzt schon wieder los? Ich habe keine Ahnung, wovon du redest, ich bin hundemüde und wirklich nicht in Stimmung, mir deine hysterischen Hirngespinste anzuhören. Entweder sagst du mir jetzt, was du von mir willst, oder ...«

»Oder was? Hysterisch, ja? Igor meinte, ich solle dich anrufen, aber das war wirklich eine Schnapsidee!«

»Igor? Hab ich vielleicht irgendwas verpasst? Steffi, reiß dich zusammen, was ist denn bloß los?«

Ich unternahm den heroischen Versuch, mich zu beruhigen. Wolf würde sonst auflegen, und ich musste einfach Klarheit haben, sonst würde ich noch ganz durchdrehen.

»Okay. Also, wer bitte ist Daisy Duck? Was hat sie in deinem Leben und auf deinem Handy zu suchen? Sie hat angerufen und lässt dir ausrichten, dass sie sich schon sehr auf dich freut!« In den letzten Teil des Satzes hatte ich vielleicht ein klein wenig Gift und Galle gelegt, aber ich war schließlich auch nur ein Mensch, schlimmer, ich war eine Frau. Irgendwo sind Grenzen.

7

Auf der anderen Seite des Atlantiks herrschte überraschtes Schweigen. Tja, mein Lieber, wie windest du dich da wieder raus? Gespannt lauschte ich in den Hörer. Da rauschte auf einmal dröhnendes Gelächter auf mich zu. Es hörte gar nicht wieder auf!

Schon wieder Lachen. Igor hatte genauso reagiert – was war an dem Weib nur so lächerlich? Ich kam mir ziemlich veralbert vor, immerhin kämpfte ich schon den ganzen Tag um mein Lebensglück, und als einziges Resultat hatte ich zwei Männer, die sich vor Lachen ausschütten wollten!

»Ja, scheint wirklich rasend komisch zu sein, nur habe ich wohl irgendwie die Pointe verpasst. Vielleicht klärst du mich mal auf?«

»Steffi, ich liebe dich, ich liebe dich wirklich sehr, auch wenn du manchmal ein klitzekleines bisschen anstrengend sein kannst.«

»Komm zur Sache!«, sagte ich, so kühl ich konnte, denn bei seiner Liebeserklärung war es mir ganz warm ums Herz geworden.

»Zur Sache? Aber ja: Daisy Duck ist der Spitzname meiner Schwester Emmi. Wir waren früher totale Disney-Fans, mich hat sie immer Donald genannt, nicht so schmeichelhaft, aber wer kommt schon gegen seine Schwester an?«

»Deine Schwester? Oh ... das wusste ich nicht!«, stammelte

ich und kam mir ganz schrecklich blöd vor. Aber gleichzeitig war ich dermaßen erleichtert, dass es auf diese Peinlichkeit auch nicht mehr ankam. Ja, okay, ich hatte mich heute wirklich gründlich und immer wieder blamiert, aber hey, Wolf war immer noch da, ich hatte ihn doch nicht verloren, er liebte mich, nur mich!

»Steffi, bitte hab ein bisschen mehr Vertrauen zu mir, du kannst es wirklich haben! In unserem Job sind wir genug Versuchungen ausgesetzt, das wissen wir beide! Aber ich würde unser Glück nie riskieren, mir war noch nie ein Mensch so wichtig wie du! Als ich vorhin nach unserem Streit allein zum Flughafen gefahren bin, da hatte ich solche Angst, dass du nicht mehr da sein könntest, wenn ich wiederkomme. Es war schrecklich! Eigentlich hatte ich eine romantischere Inszenierung im Sinn, aber ich möchte es lieber jetzt gleich wissen: Steffi, willst du mich heiraten?«

»Ja!«, kreischte ich mit einer Stimme, die ich selbst nicht mehr erkannte. »Ja, ja, ja!«, und dann ließ ich den Hörer fallen wie eine heiße Kartoffel, weil mich ein Gefühl überschwemmte, das so stark, so überwältigend war, dass ich nur noch eines tun konnte. Ich lief durch die Wohnung, hüpfend, springend, lachend, heulend. Ich boxte in die Sofakissen, ich küsste den Badezimmerspiegel, ich trat auf den Balkon und rief: »Ja, ich will, ja, ich will«, immer und immer wieder, bis neben mir die Nachbarbalkontür aufging, und die nette alte Frau Petersen im Blümchenflanellnachthemd und Hausschuhen mich ganz besorgt: »Ist Ihnen nicht gut, soll ich den Notarzt rufen?« fragte.

»Nicht nötig, Frau Petersen«, sagte ich atemlos. »Kommen Sie bitte mal näher.«

Mit etwas ängstlichen Augen, aber tapfer trat sie an die

Balkontrennwand, nur ihr kleines Omigesicht ragte jetzt herüber.

Ich nahm es in die Hand und küsste sie auf beide faltige Wangen. »Ich habe gerade einen Heiratsantrag bekommen, Frau Petersen«, lachte ich übermütig, »und Sie sind die Erste, die sich mit mir darüber freuen darf.«

Sie lächelte, in ihren Augen kringelten sich die Fältchen wie kleine Ringelschwänzchen. »Und, haben Sie ihn angenommen?«, fragte sie.

Da fiel mir ein, dass ich ja den Hörer einfach weggeschmissen hatte. Ich raste zum Telefon und riss den baumelnden Hörer hoch. »Bist du noch dran?« Manno, wie das Herz vor Glück rasen kann! Wie ein Ferrari mit Schumacher drin!

»Ja, ich bin noch dran, und langsam wird das ein ziemlich teures Gespräch. Warst du auf dem Klo oder überlegst du dir, wie du mir am nettesten absagst?«

Ich hörte das Lachen in seiner Stimme – und ich kann einfach nicht beschreiben, was in mir in diesem Moment vorging. Ich war so voller Liebe, dass ich kaum noch atmen konnte. Ich hatte nicht gewusst, dass sich dicke, fette Liebe so anfühlte. So absolut, total. So ohne jeden Zweifel. So intensiv, dass es schmerzte.

»Ja, und wenn ich dich nicht bald wiedersehe, dann sterbe ich.«

»Bitte nicht«, lachte er, »denn ich habe noch viele Dinge mit dir vor, bei denen du unbedingt lebendig sein solltest.«

»Welche denn?«, brachte ich heiser hervor, allein die Vorstellung, woran Wolf gerade dachte, raubte mir die Stimme.

»Moment, jemand hat geklopft, eine Sekunde, bleib dran«, sagte Wolf. Ich hörte Stimmengemurmel, dann war er wieder dran, er klang aufgekratzt: »Kleine Flugplanänderung, mein Schatz, der Einsatz hat unsere Tour geändert. Wir fliegen übermorgen nicht direkt zurück, sondern müssen noch über Dubai. Da haben wir drei Tage Layover, das heißt, dass ich erst …«

»Ich komme hin«, rief ich, ohne nachzudenken, »ich hab zwar auch einen Abholer, nach Toronto, aber Britta schuldet mir noch was – ich krieg das hin. Ich muss dich sehen, sonst platze ich.«

»Super, mein Schatz«, seine Stimme kitzelte mein Ohr, eine Gänsehaut lief mir vom Kopf bis zur Fußsohle, ein unbeschreibliches Gefühl, »wir treffen uns dann im Jabal Ali Hotel. Und wenn uns noch etwas Zeit bleibt, dann zeig ich dir vielleicht ein Kamelrennen, oder wir gehen zum Goldmarkt, da kaufen die Araberinnen das Gold gleich kiloweise, und wir könnten auch gleich nach einem Ring …«

»Wir werden keine Zeit haben«, kicherte ich, »weil wir jede Sekunde im Bett verbringen werden.«

»Ich muss jetzt leider los«, seufzte Wolf, »leg du zuerst auf.«

»Nein, du«, flüsterte ich, »ich schaff es nicht.«

»Ich liebe dich, Steffi«, flüsterte er zurück, »und ich werde dich jeden Tag, den wir beide erleben, zum glücklichsten Menschen der Welt machen.«

»Ich dich auch, Wolf«, antwortete ich heiser und legte blitzschnell auf, weil mir die Tränen kamen.

Diesmal endlich Freudentränen.

Schniefend saß ich auf dem Sofa und wusste nicht, wohin mit meinem Glück. Wen sollte ich zuerst anrufen? Meine Familie, meine Freunde? Nein, ich wollte es noch für mich behalten. »Du heiratest?«, würde meine Mutter vermutlich kreischen. »Bist du schwanger? Wenn nicht, dann arbeite daran.

Mach mich endlich zur Oma.« In der Sekunde nach meiner Verkündung wäre in meinem Familien- und Freundeskreis die Hölle los, würden die Vorbereitungen zu einer gigantomanischen Hochzeit volles Rohr voraus anlaufen. Wir hätten keine ruhige Minute mehr, Wolf und ich, und sosehr ich mich darauf freute, meinen Liebsten, Schönsten, Wunderbarsten mit der Welt zu teilen, so sehr wollte ich noch eine kurze Weile mein Glück allein mit ihm genießen.

Ich ging in die Küche, öffnete den Kühlschrank und stellte fest, dass ich überhaupt keinen Hunger hatte. Aber ein Gläschen Wein wurde mich vielleicht etwas abdämpfen, denn mein Herz schlug noch immer wie ein Presslufthammer. Ich war so unruhig, dass ich durch die Wohnung lief und nicht wusste, wohin mit mir und meinen Gefühlen.

Im Küchenradio, das immer auf einen Kultursender eingestellt war, las eine schöne, dunkle Frauenstimme ein Gedicht vor. Unwillkürlich blieb ich stehen und lauschte:

»Gesetzt ich verliere dich
und habe dann zu entscheiden
ob ich dich noch ein Mal sehe
und ich weiß:
Das nächste Mal
Bringst du mir zehnmal mehr Unglück
Und zehnmal weniger Glück

Was würde ich wählen?

Ich wäre sinnlos vor Glück
Dich wiederzusehen.«

»Das war ›Meine Wahl‹ von Erich Fried«, sagte die schöne, dunkle Frauenstimme, »das Lieblingsgedicht unserer Hörerin Erika Hausmann aus Hamburg-Pinneberg. Bis zum nächsten Mal.«

Was für ein blödes Gedicht, dachte ich kurz. Wie kann man so masochistisch sein? Wenn ich Wolf verlieren würde, dann, wie meine Mutter so richtig sagt, »lieber ein Ende mit Schrecken als ein Schrecken ohne Ende«.

Und dann wusste ich plötzlich, mit wem ich auf mein Glück anstoßen wollte.

Ich fand noch eine Flasche Prosecco im Kühlschrank, verließ die Wohnung und klingelte bei Igor. Ich hörte Musik, also war er da. Ich klingelte noch einmal. Endlich hörte ich Schritte.

»Mach auf«, rief ich und klopfte energisch gegen die Wohnungstür, »ich muss dir was sagen.«

»Hallo, Steffi, dich hab ich jetzt nicht erwartet.« Ohne meinem Gefühl nachzugehen, dass seine Stimme etwas zögerlich geklungen hatte, drängte ich mich mit meiner Flasche und den Worten: »Wo hast du einen Korkenzieher?« an ihm vorbei in seine Wohnung.

»Moment mal, Steffi, warte.« Er folgte mir in die Küche, wo ich bereits in seinen Schubladen herumsuchte. Normalerweise bin ich zurückhaltender, doch, wirklich, aber ich befand mich noch auf Wolke sieben, und da gelten eben andere Regeln.

Igor gab mir den Korkenzieher und beobachtete stumm, wie ich in meiner Hast den Korken abbrach und ihm die Flasche in die Hand drückte.

»Mach du bitte, ich bin zu aufgeregt.«

Geschickt zog er den verstümmelten Korken aus der Flasche, dann holte er zwei Gläser, schenkte sie voll und reichte mir eins. »Worauf stoßen wir an«, fragte er, »auf eure Versöhnung?«

»Viel besser!«, sagte ich.

»Auf eure Trennung?«, scherzte er.

Wir sahen uns an, ich schüttelte lächelnd den Kopf. »Auf unsere Verlobung«, sagte ich und genoss den altmodischen Klang dieses Wortes. Ich ließ ihn nicht aus den Augen, »Wolf hat mir einen ...«

»Wo bleibst du denn, das Bett wird kalt!«, rief eine leicht gereizte Frauenstimme aus der Richtung, in der ich Igors Schlafzimmer vermutete.

»Du hast Besuch?«, fragte ich überflüssigerweise.

»Ich habe Besuch«, rief Igor, »meine Nachbarin heiratet. Mach dich anständig, und stoß mit uns an, meine Süße.«

Igor guckte mich schief an. »Tja, auch andere Leute haben manchmal ein Liebesleben«, sagte er.

»Ja, natürlich, Igor, klar doch, entschuldige bitte meinen Überfall, dauernd benehme ich mich heute daneben, schließlich ist es mitten in der Nacht, ich werde einfach ge...«

Da erschien die gereizte Stimme mit ihrer Besitzerin in Igors gemütlicher Wohnküche, eine üppige, sehr ausgewogen gerundete Schönheit mit langen, schwarzen Locken, die mich aus glutvollen, dunklen Augen musterte.

»Darf ich vorstellen, das ist meine Nachbarin Steffi, sie lebt in den Wolken und in allen Zeitzonen dieser Welt, deshalb hat sie es nicht so mit den deutschen Zeitregeln, sie hat sich soeben telefonisch verlobt und braucht jemanden zum Anstoßen. Steffi, dies ist la bella Anabella.« Igor nahm ein drittes Glas aus dem Schrank, schenkte meinen guten Prosecco ein und drückte es seinem Prachtweib in die Hand, das bei dem Wort »verlobt« schon deutlich freundlicher aus der Reizwäsche guckte.

Ich berichtete den beiden von der erfreulichen Fortsetzung meines Liebesdramas, wir tranken auf Wolf, auf die Liebe, auf die Zukunft, aber irgendwie war die Stimmung ein bisschen gedämpft. Also verabschiedete ich mich von den beiden, sobald wir die Flasche geleert hatten.

8

Am nächsten Tag hatte ich viel zu regeln. Ich entschuldigte mich beim Schneemann für mein plötzliches Desinteresse an ihm und etwaigen Weihnachtsvorbereitungen, aber zu Sonnencreme und Bikini, die ich in Dubai brauchen würde, passten sie einfach nicht. Vor allem musste ich meinen Flugeinsatzplan ändern lassen.

Britta, meine liebe Britta, war zuerst not amused, als ich ihr eröffnete, dass ich ihr meinen langweiligen Torontoabholer aufs Auge drücken wollte, Abholer bedeutet in der Fliegersprache: hin, übernachten, zurück, man hat nur Zeit fürs Abendessen und morgens für einen Kaffee bei Starbuck's und einen Bagel, daher reißen wir uns um diese Flüge nicht besonders.

Als sie aber den Grund für meine Bitte erfuhr, war sie zu allen Opfern im Namen unserer Liebe bereit, die gute, romantische Seele. Allerdings wollte sie dafür einen haarkleinen Bericht der gestrigen Ereignisse, für den ich eigentlich gar keine Zeit hatte, denn ich musste ja noch einen Platz in der Crew ergattern, die morgen nach Dubai fliegen sollte.

Und es gelang! Alle Liebesgötter waren mit mir, Amor, Eros und wer sonst noch zuständig sein mochte. Vielleicht war auch einfach unsere Creweinsatzabteilung auf die Fortsetzung unserer Firmenromanze gespannt, jedenfalls ergatterte ich die Tour, die am nächsten Tag nach München und von da aus weiter nach Dubai fliegen sollte. Der restliche Tag war meinem Schönheitsprogramm, einigen Last-Minute-Einkäufen im Wäschegeschäft und ein paar schmachtenden, sehr teuren, weil langen Anrufen in Los Angeles gewidmet. Ich war den ganzen Tag so aufgeregt, als hätte ich Wolf gerade erst kennengelernt, als wäre unsere Liebe eben erst aus dem Ei geschlüpft, voller Ungewissheit, wie sie sich entwickeln würde.

Du lebst mit dem Mann seit einiger Zeit zusammen, du kennst ihn, du liebst ihn, ihr habt schon gestritten und euch wieder versöhnt, und nun wollt ihr eben heiraten!, versuchte ich mir beruhigend zuzureden, denn so ein dauernd wild pochendes Herz kann ja ganz schön anstrengend sein. Aber es ließ nicht mit sich reden, also nahm ich ein paar Baldriankapseln und packte meinen Koffer, was ich zum Glück in jedem Zustand kann, hundemüde, betrunken, im Schlaf und nun eben krank vor lauter Liebe.

Am nächsten Tag flogen wir nach München. Dort musste ich eine weitere Nacht ohne Wolf erdulden. Wir wohnten im Sheraton, eigentlich ein netter Stopp, aber ich wäre viel lieber gleich weitergeflogen. Nun musste ich natürlich mit meiner Crew noch auf einen Absacker in die Hotelbar gehen, denn alle meine Kollegen brannten darauf, aus erster Quelle die Einzelheiten unserer Liebesgeschichte zu hören, die sich natürlich schon wie ein Lauffeuer herumgesprochen hatte. Da ich im Moment sowieso kein anderes Gesprächsthema hatte als Wolf in jeder Variation, kam ich den Wünschen meiner Kollegen bereitwillig nach.

Als ich Stunden später schließlich in meinem Hotelbett lag, hatte ich nur den einen Wunsch: Diese Nacht sollte ganz schnell vergehen, damit ich endlich meinem Schatz entgegenfliegen könnte.

Früh am nächsten Tag riss mich das Telefon aus süßen Träumen. Das musste der Wake-up-call sein, eine Stunde später dann Pick-up, das heißt, der Bus würde da sein, der uns zum Flughafen bringen sollte.

Ich griff zum Hörer.

»Guten Morgen, Steffi, hier ist Hartmut.«

Hartmut? Das war doch unser Kapitän – wieso rief er an? Ich würde ihn doch gleich sehen. Mir wurde ganz mulmig im Bauch.

»Tja, leider keine guten Nachrichten. Der Schneesturm hier in München ist über Nacht schlimmer geworden, der Flughafen ist dicht, wir bekommen keine Starterlaubnis. Bleib bitte bis auf Weiteres erreichbar, man informiert uns, wenn es Neuigkeiten gibt, aber im Moment sieht es nicht gut aus! Tja, Süße, tut mir leid für dich, aber du kennst ja die Fliegerei, shit happens!«

Damit legte er auf und ließ mich im absoluten Schockzustand zurück. So ein verdammter Mist! Ausgerechnet heute, das durfte einfach nicht wahr sein! Natürlich wusste ich aus langjähriger Erfahrung, dass ein geplanter Flug keine Garantie dafür ist, zu einem bestimmten Termin an einem bestimmten Ort zu sein. Ich hatte schon einige unfreiwillige Aufenthalte erlebt; einmal saßen wir drei Tage ausgerechnet in Lagos/Nigeria fest, weil wir ein defektes Triebwerk hatten und das benötigte Ersatzteil mit den entsprechenden Mechanikern erst aus Frankfurt eingeflogen werden musste. Aber ein Schneesturm in München ausgerechnet an dem Tag, der der erste meiner traumhaften Zukunft mit Wolf werden sollte – das war wirklich eine Katastrophe.

Ich verbrachte die nächsten Stunden zwischen Hoffen und Bangen, den Fernseher hatte ich auf den Wetterkanal eingestellt, immer wieder rannte ich zum Fenster, schaute beschwörend zum Himmel auf, doch Petrus hatte kein Einsehen. Wahrscheinlich lebte er im ewigen Zölibat und hatte daher kein Verständnis für liebeskranke Seelen. Jedenfalls schien das Schneetreiben vor meinem Hotelfenster immer dichter zu werden.

Ich war verzweifelt. Schließlich griff ich zum Telefon, diesmal nicht, um Hartmut anzurufen, den ich in den letzten Stunden mit ständigen Anfragen, ob es schon Neuigkeiten gäbe, gequält hatte und der beim letzten Versuch geschrien hatte: »WE call YOU! Noch ein Anruf, und ich setze dich wegen Hysterie vom Flug ab!«, sondern um mich mit dem Jabal Ali Hotel in Dubai verbinden zu lassen, denn inzwischen müsste Wolf dort aus Los Angeles angekommen sein.

Da war sie in meinem Ohr, Wolfs wunderschöne tiefe Stimme. »Du rufst an? Du solltest doch längst in der Luft sein?! Liebling, was ist passiert?«, fragte er alarmiert.

»Ach, Herzblatt, dieser blöde Schnee! So ein elender Mist, wir sind hier eingeschneit, der Münchner Flughafen ist geschlossen worden, ausgerechnet heute! Ich bin so sauer, am liebsten würde ich selbst zur Schneeschippe greifen und die Landebahn persönlich ausgraben!«

Wolf lachte. Niemand lacht so wie er. Als ich ihn lachen hörte, war auf einmal alles nicht mehr ganz so tragisch, die Anspannung der letzten Stunden ließ nach, und ich konnte endlich ruhig atmen.

»Mein Engel, das war bestimmt die Rache deines Schneemanns, der mich bestraft, weil ich so ein Weihnachtsmuffel bin. Ich gelobe Besserung! Wenn wir wieder zu Hause sind, zünde ich persönlich die Kerzen am Adventskranz an! Vielleicht macht der Flughafen ja nachher noch auf, und ihr könnt doch noch fliegen. Ich gehe jetzt ein bisschen einkaufen auf dem Suk hier, du weißt, so heißt der Basar. Was soll ich für dich mitbringen? Du bist doch immer so scharf auf diese grünen Nüsse.«

»Pistazien, Liebling, hmm, ja, die sind einfach köstlich!«

»Also gut, ich werde eine riesige Tüte Pistazien kaufen, die wir dann hier gemütlich im Bett knabbern, davor, dabei, danach ...«

»Hör auf, Wolf, mir wird ganz anders! Aber wenn ich hier nun nicht wegkomme?«

»Dann bringe ich dir deine Pistazien mit nach Hause, und du legst sie zu deinen Weihnachtskeksen in deine Knabberschale. Schau mal, Steffi, ich habe genau so eine Sehnsucht nach dir wie du nach mir, aber wir beide kennen doch die Fliegerei. Wir kommen mit Trennungen klar, und jetzt, wo wir heiraten werden, haben wir doch unser ganzes Leben vor uns! Wir haben noch so viel Zeit, da könnten wir zur Not auch diese paar Tage ohne einander überstehen, oder?«

»Na ja, mit knapper Not vielleicht! Wolf, ich hab der gestrigen Dubaicrew dein Handy mitgegeben, sie sollten es an der Hotelrezeption für dich hinterlegen. Hat das geklappt? Ja? Super, dann nimm es bitte mit auf den Markt, damit ich dir Bescheid sagen kann, wenn sich hier was tut.«

»Mach ich, und vielen Dank auch, das war clever von dir, Schatz. Und du geh jetzt mal was essen. Du hörst dich irgendwie verhungert an, kann das sein?«

Ich musste lachen. Aber er hatte recht. Ich hatte wirklich noch nichts gegessen – und das eigentlich schon seit ein paar Tagen, weil alles zu aufregend gewesen war. Nachdem wir endlich aufgelegt hatten, ging ich in das Frühstückszimmer, um zu sehen, ob ich dort noch etwas zu essen bekäme oder ob ich gleich zu einem frühen Mittagessen ins Restaurant gehen musste.

Ich hatte Glück. Bei den Überresten eines Brunches fand ich meine ganze Crew vor, die mich gleich mit jeder Menge mitleidiger Blicke und Kommentare bedachte. Aber ich war gar nicht mehr so aufgeregt. Wolf hatte recht. Wir hatten ein ganzes Leben zusammen, meine Nervosität würde den Flughafen auch nicht frei schmelzen, also konnte ich jetzt in aller Ruhe meinen Cappuccino trinken, natürlich mit Gedanken an meinen Liebsten ein bisschen Zucker auf den Milchschaum streuen, die köstlichen Brötchen, Marmeladen und Salate des Sheraton genießen und mich darüber freuen, wie gut es das Leben mit mir meinte.

Die Nachrichten über das Wetter blieben weiter deprimierend. Da piepste mein Handy. Eine Fotonachricht! Aufgeregt öffnete ich sie: Der schönste aller Männer strahlte mir entgegen, in der Hand eine große Tüte mit Pistazien, im Hintergrund ein paar arabische Dhaus, diese typischen Segelboote des Golfs, und ein paar Männer in ihren langen Gewändern und imposanten Kopfbedeckungen.

Was für ein toller Mann, mein Wolf! Woher wusste er immer so genau, was ich gerade brauchte zu meinem Glück?

Meine Kollegen waren aufmerksam geworden. »Na, vom Schnuckiputzi persönlich? Nun zeig schon her, wir wollen auch ein bisschen schmachten!«

Gerade wollte ich das Bild stolz herumzeigen, da klingelte das Handy in meiner Hand.

»Na, mein Herz, ist das Bild angekommen? Du siehst, Auftrag ausgeführt, dabei war es gar nicht so einfach, sich hier auf dem Markt zu bewegen, ich hab ein Mädel aus einer anderen Crew dabei, sie ist das erste Mal hier und leider völlig falsch angezogen. Ich hab's dir gerade auf unseren Anrufbeantworter zu Hause gesprochen, hab aus Versehen die falsche Nummer gewählt. Also jedenfalls, das blöde Gör hat sich total aufgedonnert. Sie hat ein bauchfreies Top an und einen mehr als kurzen Rock, es war ihr nicht auszureden, und jetzt wird sie von den Männern hier fast aufgefressen. Du weißt ja, so viel nackte Haut ist man hier nicht gewöhnt ...«

Ich war voller Mitgefühl. Immer wieder gab es Kolleginnen, die sich einfach den Landessitten nicht anpassen wollten und die eigenen Ansichten über Mode über die Schicklichkeitsgefühle des Gastlandes stellten. Mit denen war man nur ungern unterwegs, aber es ließ sich eben nicht immer vermeiden.

»Ach, du Schreck, dann sieh mal zu, dass du sie wieder heil ins Hotel kriegst, die dumme ...«

»Entschuldige, Schatz, da gibt es Ärger ...« Wolfs Stimme brach ab, es gab einen dumpfen Knall.

»Wolf! Wolf!! Bitte sei vorsichtig!« Aber ich bekam keine Antwort. Aus dem Hörer kam jede Menge Lärm, aufgeregtes Brüllen in unverständlicher Sprache, der angstvolle, hohe Schrei einer Frau, dann ein lautes Rufen auf Englisch, das klang nach Wolf, dann nur noch Schlachtenlärm.

Ich war zutiefst erschrocken, abwechselnd rief ich nach Wolf und lauschte dann wieder angespannt in den Hörer. Da, endlich wieder Stimmen. Das war sogar Englisch. Ich horchte angestrengt: »Shit!! He is bleeding like hell!«

9

Dann brach die Verbindung ab. Fassungslos starrte ich den Hörer in meiner Hand an, schüttelte ihn, aber er schwieg mich nur feindselig an.

»Steffi, was ist denn? Du bist ja kreideweiß!« Meine Kollegin Susi griff nach meiner Hand, auch die anderen kamen besorgt herbei. »Schnell, gebt ihr was zu trinken! Steffi, Steffi, bitte, sag doch was! Sollen wir einen Arzt rufen?«

Ich versuchte zu sprechen, aber es wollte einfach kein Ton aus meiner Kehle kommen.

»Steffi, reiß dich zusammen!« Hartmut schob die aufgeregte Schar der Kolleginnen zur Seite und gab mir links und rechts eine Ohrfeige. Die anderen hielten vor Schreck die Luft an, ich konnte es zischen hören. Dann hielt Hartmut mir ein Glas hin. »Hier, trink, und dann sag uns, was passiert ist.«

Gehorsam nahm ich ihm das Glas aus der Hand und trank. Dann versuchte ich es noch einmal, vorbei an der grauenvollen Panik die Worte herauszupressen: »Ein Kampf. Wolf, er blutet, Hölle.«

»Ganz ruhig, Steffi, gib mir das Telefon. So, die Nummer ist ja wohl eingespeichert ... oh ja, hier.« Er tippte auf meinem Handy herum, lauschte dann eine Weile. »Es geht niemand ran. Aber das heißt gar nichts. Ich rufe jetzt den Einsatz an, wenn irgendetwas passiert sein sollte, werden die das in Kürze wissen. Ich sorge dafür, dass wir hier darüber informiert werden.« Wieder griff er zum Telefon.

Ich hörte kaum, was er sagte, in meinem Kopf war ein schrecklicher Nebel, dann drehte sich plötzlich alles. »Schnell, sie wird ohnmächtig!«, hörte ich noch, und ich fragte mich vage, von wem die Rede war. Dann versank ich in einer tiefen, weichen, pechschwarzen Wolke. Nie wieder aufwachen, dachte ich.

Als ich die Augen wieder aufschlug, sah ich um mich herum lauter zutiefst besorgte Gesichter.

»Mensch, Steffi, du bist wirklich immer wieder für eine Aufregung gut!«, sagte Susi.

Da fiel mir alles wieder ein. »Wolf? Gibt es Nachrichten? Was ist mit ihm, wie geht es ihm?«

»Wir haben noch keine Informationen aus Dubai. Aber es gibt andere Nachrichten, sie haben den Flughafen wieder aufgemacht. Wir können jetzt fliegen! Aber für dich müssen wir wohl jemanden aus dem Standby holen, du kannst so ja nicht arbeiten!«

Bis ein Ersatz für mich aus dem Bereitschaftsdienst nach München kommen würde, hätten wir wertvolle Zeit verloren. Ich riss mich zusammen, die Nerven verlieren konnte ich später immer noch, Wolf brauchte jetzt eine starke Frau. Wenn er überhaupt noch etwas braucht!, meldete sich wieder die schrille Stimme der Panik in mir, aber ich schob sie energisch zur Seite.

»Ich bin fit to fly! Es geht mir gut, ich hab mich im Griff. Wann kommt unser Bus? Ich gehe jetzt meine Uniform anziehen und meinen Koffer holen.«

Zweifelnd schauten meine Kollegen mich an, aber mein Gesichtsausdruck signalisierte ihnen wohl, dass jeder Einwand zwecklos war, und so ließen sie mir meinen Willen.

Wieder oben in meinem Zimmer, zog ich mir wie in Trance meine Uniform an und packte den Koffer. Zum Glück hatte ich am Vorabend kaum etwas ausgepackt, sodass es schnell ging. Ich schminkte mich, und beim Blick in den Spiegel fragte ich mich, wie um alles in der Welt ich die sechs Stunden Flugzeit überstehen sollte, denn meine Gäste würden ein fröhliches Gesicht von mir erwarten. Na gut, Maske auf, dafür ist man Service-Profi!, dachte ich zynisch, Hauptsache, ich bin so schnell wie möglich bei Wolf!

Bei dem Gedanken an ihn griff wieder die kalte Angst nach meinem Herzen. Bitte, Liebling, halte durch! Du darfst einfach nicht sterben, du darfst nicht! Bitte, bitte, lieber Gott, pass auf meinen Wolf auf! Ich will ihn auch nie, nie wieder mit meiner Eifersucht quälen, nur bitte, bitte.

Immer noch eine halbe Stunde bis Pick-up. Wohin nur mit meiner Angst, meiner Panik?!

Da wusste ich, mit wem ich sprechen wollte. Hoffentlich hatte ich die Nummer im Handy eingespeichert, ja, ein Glück, da war sie. Ich wählte, dann Igors Stimme.

»Guten Tag, hier Steffis ganz persönlicher Katastrophenschutz. Womit kann ich heute dienen?«

Trotz aller Ängste musste ich lachen. »Ach, Igor, es ist überhaupt nicht lustig ...« Und die ganze grauenvolle Geschichte sprudelte aus mir heraus. Es war eine solche Wohltat zu sprechen.

»O Steffi, du Ärmste! Das klingt ja wirklich ganz furchtbar. Aber es gibt tausend mögliche Gründe dafür, warum die Verbindung abgebrochen ist, das Handy wird einfach im Getümmel verschwunden sein, ›he is bleeding‹ kann sich auf jeden Mann beziehen, der dabei war, und wie ich die Englischkenntnisse der Araber einschätze, wahrscheinlich auch auf die anwesenden Frauen, und zu bluten heißt noch lange nicht zu sterben. Du beruhigst dich jetzt bitte, damit du auf deinen Flug gehen kannst, und ganz bald weißt du mehr, okay?«

»Okay«, schniefte ich und verabschiedete mich von Igor. Dieser Mann war wirklich ein Fels in der Brandung. Ich nahm mir vor, ihm etwas Schönes aus Dubai mitzubringen. Meine aufsteigenden Tränen schluckte ich tapfer hinunter, denn jetzt hatte ich keine Zeit mehr, um mich neu zu schminken.

Der Flug nach Dubai war sehr anstrengend, wir waren, wie immer auf dieser Strecke, bis zum letzten Platz ausgebucht. Aber heute war mir das nur recht. Je mehr ich zu tun hatte, desto schneller würde die Zeit vergehen, desto weniger könnte ich grübeln. Ich hatte sogar darum gebeten, in der Touristenklasse arbeiten zu dürfen, obwohl ich von meinem Dienstalter her eigentlich Anspruch auf eine Position in der Businessklasse gehabt hätte. Aber ich fühlte mich heute nicht zu superhöflichem Smalltalk aufgelegt, ich wollte heute lieber bis zum Umfallen schuften.

Als wir jedem der hundertfünfundneunzig Gäste »Huhn oder Fisch?«, ein Brötchen, drei Getränke, »Kaffee oder Tee?« und einen Digestif serviert und dann alle Tabletts, Gläser, Getränkedosen etc. wieder eingesammelt hatten, kehrte ein wenig Ruhe ein. Zwei Kolleginnen schoben noch die Duty-Free-Wagen durch die Gänge, aber es hatte sich bei den Passagieren herumgesprochen, dass der zollfreie Einkauf in Dubai sagenhaft günstig ist, daher machten sie kaum Umsatz. Ich verteilte inzwischen mit Susi die Einreiseformulare, half hier und da beim Ausfüllen, dann fing der Film an. Fürs Erste herrschte Ruhe.

Und sofort kehrte meine Angst mit einer Wucht zurück, als hätte sie nur darauf gelauert, dass ich ihr wieder zur Verfügung stehen würde. Sie ergriff mich so heftig, dass ich kaum Luft bekam. Ich schaute auf meine Uhr: noch drei Stunden Flugzeit. Das würde ich nicht durchstehen – irgendetwas musste ich einfach unternehmen. Aber was?

Da kam mir eine Idee. Es war absolut verboten, ein *no go* allererster Güte, man würde mich sicher feuern, wenn man wüsste ...

Ja, wenn man es wüsste. Aber man musste es ja schließlich nicht wissen. Ich nahm meine Handtasche und meldete mich bei Susi ab: »Ich gehe mich mal eben ein bisschen restaurieren, okay?«

Sie musterte mich besorgt. »Ja, tu das. Bist du in Ordnung?«

»Ja, ich brauch nur eben mal ein paar Minuten allein.« Damit ließ ich sie stehen, denn ich hatte Angst, mich sonst zu verplappern und ihr von meiner Idee zu erzählen.

In der winzigen Toilettenkabine öffnete ich mit laut klopfendem Herzen meine Handtasche und nahm mein Handy heraus. Es hatte natürlich während des Fluges ausgeschaltet zu bleiben, aber ich war so verzweifelt, dass ich es anstellte und Wolfs Nummer wählte. Ich ließ es einmal klingeln, zweimal, dreimal, dann, als ich gerade aufgeben wollte, knackte es in der Leitung, eine Frauenstimme sagte »Na'am?«. Arabisch, so viel erkannte ich.

»Do you speak English?«, fragte ich aufgeregt.

»Little. This hospital, who speaking?«

Hospital? Ach du Scheiße, also doch. »Can I please speak to Mr. Clausen, Wolf Clausen!« Meine Stimme überschlug sich fast.

»Mr. Wolf, so sorry, he ...«

Da brach die Verbindung ab. Schlimmer noch, jemand klopfte energisch an die Toilettentür.

»Steffi? Alles in Ordnung? Mit wem sprichst du denn da?« Inzwischen trommelte Susi gegen die Tür.

Hastig machte ich das Handy aus, versenkte es in meiner Tasche und öffnete die Tür. »Was soll denn das Geschrei!«, versuchte ich es cool.

»Das wollte ich dich gerade fragen. Du hast da drinnen rumgebrüllt wie von Sinnen; ein Passagier, der pinkeln gehen wollte, hat uns alarmiert!«

»Tut mir wirklich sehr leid, ich hab das gar nicht gemerkt. Hab wohl Selbstgespräche geführt«, stammelte ich lahm und konnte es Susi nicht verdenken, dass sie mich äußerst misstrauisch musterte.

Irgendwie, irgendwann geht jeder Flug zu Ende, da bildete auch dieser keine Ausnahme. Damit trösten wir uns oft, wenn wir seit fünfundzwanzig Stunden wach sind, neun Stunden Zeitverschiebung in den Knochen haben, weil wir zum Beispiel aus Vancouver oder San Francisco kommen und uns dann ein R. A. L. (ein Riesenarschloch) von Passagier mit einer lächerlichen Beschwerde über seinen Sitznachbarn quält, der seine Rückenlehne zu weit nach hinten geklappt hat, und uns Vorträge darüber hält, wie viel besser der Service bei Singapore Airlines ist oder bei Emirates. Dann schluckt man das »Dann fliegen Sie doch nächstens gerne mit den Kollegen von ...« runter und lächelt freundlich.

Auch unser Flug München-Dubai ging irgendwie, irgendwann zu Ende. Als endlich auch die letzte Mutter ihre übernächtigten Kinder aus den Sitzen gezerrt und mit ihnen und den dazugehörigen sieben Handgepäckstücken (bei Müttern von Kleinkindern legen wir die Gepäckvorschriften meist recht großzügig aus) von Bord gegangen war, rief mich

Hartmut über das Bordtelefon an und bestellte mich ins Cockpit.

Ich bekam einen gewaltigen Schrecken. Hatte Susi gepetzt? Ich raffte mein Handgepäck zusammen und schlich nach vorn. Die Cockpittür war schon geöffnet.

»Komm rein, Steffi.«

Wie ernst er guckte!

»Wir haben über Funk Nachricht bekommen von Wolf. Er liegt im Krankenhaus, über seinen Zustand ist nichts bekannt. Wenn du möchtest, kannst du direkt zu ihm fahren, Ali von unserer Bodenstation Dubai fährt dich hin, das dürfte am schnellsten gehen. Einverstanden? Kopf hoch, Steffi, ich kenne Wolf schon lange, er ist ein Kämpfer.«

Ich konnte nur nicken.

Hartmut sah mich noch einmal an, dann wandte er den Blick ab und packte seine Sachen zusammen.

Die Einreiseprozedur und die Zollkontrolle kriegte ich gar nicht mehr richtig mit, bald saß ich in irgendeinem Auto und versuchte vergeblich, auf Alis englisch-arabischen Redeschwall zu reagieren, aber er gab es bald auf und stellte das Radio an. Arabische Musik erscholl.

»Oh, Raad al Arabi, he is the best, my favorite singer!«, sagte er strahlend.

Schön für ihn, dann kann er ja jetzt mal die Klappe halten, dachte ich undankbar, als auch schon vor uns zum Glück endlich das Krankenhaus auftauchte.

Ali erwies sich jetzt als überaus nützlich. Er schien brüderliche Beschützerinstinkte für mich entwickelt zu haben und übernahm alle Verhandlungen mit Pförtnern, Damen an der Information, Krankenschwestern und was dergleichen Hürden mehr sein mochten auf dem Weg an das Krankenbett meines Wolf. Er dirigierte mich durch etliche ellenlange Krankenhausflure, bis wir schließlich zur Intensivstation kamen. Dort trafen wir auf einen erschöpft aussehenden Arzt. Wieder fragte Ali nach dem deutschen Flugkapitän (ich hatte ganz vergessen, wie wichtig in arabischen Ländern die Titel sind) Wolf Clausen. Diesmal schienen wir richtig zu sein.

Dr. Mohammad al Kabir (das stand auf seinem Namensschildchen. Da wir gehalten sind, unsere viel fliegenden Gäste an Bord möglichst mit Namen anzusprechen, schaue ich aus purem Berufsreflex immer als Erstes auf jedes Namensschild) blickte von einem zum anderen. »Guten Abend. Ich spreche ein bisschen Deutsch, ich habe studiert in Heidelberg.«

Und wer will das jetzt wissen?, dachte ich rebellisch, sagte aber nichts, denn der Mann hatte die Macht, mich zu Wolf zu lassen oder auch nicht. Schließlich gehörte ich noch nicht zu seiner Familie.

Mühselig verzog ich mein Gesicht zu einer, wie ich hoffte, freundlichen Grimasse und erwiderte: »Schön! So eine nette kleine Stadt, nicht wahr? Und Ihr Deutsch ist wirklich ganz ausgezeichnet!« Mein Herz raste.

Während Dr. al Kabir noch nach einer höflichen Abwehr meines Kompliments suchte, schien zum Glück Ali zu begreifen, dass ich gleich vor Ungeduld platzen würde. Er nahm den Arzt ein wenig beiseite und redete Arabisch auf ihn ein. Dr. al Kabir wandte sich daraufhin mit ernstem Gesicht an mich.

»Sie sind also seine Frau?«

Tiefe Bewunderung für Alis Geistesgegenwart erfüllte mich. »Ja. Bitte, wie geht es meinem Mann?« Wie gut es sich anfühlte, diese Worte auszusprechen: mein Mann. Es lag ein gewisser Trost darin.

»Ich bedaure sehr, ich habe keine so guten Nachrichten. Bitte, setzen wir uns doch.«

Ich wollte nicht sitzen, ich wollte endlich zu Wolf, immer wieder wollte man mich aufhalten! Es nützte aber nichts, beide Männer schoben mich zu einer Sitzgruppe und drückten mich auf einen Stuhl.

»Frau Clausen ...«, begann der Arzt.

Jetzt nur nicht unterbrechen, das war ja schließlich nur eine Formalität.

»... Ihr Mann ist schwer verletzt. Er hat verloren eine große Menge Blut. Er ist hier vor acht Stunden geliefert worden, nein, ich muss sagen ein-geliefert, nicht wahr? Es sind so schwierig diese Vorsilben in Ihre Sprache, nicht wahr?«

Herrn al Kabirs Probleme mit den Feinheiten meiner Muttersprache interessierten mich nicht. »Und? Was ist denn überhaupt passiert? Wie geht es ihm, kann ich zu ihm?«

Er lächelte traurig. »Ja, Sie können zu ihm, aber er nicht ansprechbar. Er schläft. Inshallah er wacht auf, Sie nur können beten.«

»Aber wer hat ihn denn verletzt und wie und warum? Wer tut denn so was?«, fragte ich verzweifelt.

»Unsere Polizei untersucht die bedauerliche Vorfall. Es ging wohl um eine nackte Frau, es kam zu einer, wie sagt man, Stecherei mit Messer. Es tut mir so leid.«

Dann endlich winkte er eine Schwester herbei, die mich endlich, endlich zu Wolfs Zimmer brachte. Ich musste mir diese grauenvollen grünen Sterilklamotten anziehen, dann öffnete sie die Tür, und da lag er, mein Wolf. Sein halber Schädel war kahl rasiert, überall Verbände, angeschlossen an diverse piepsende Geräte, ein jammervoller Anblick. Ich stürzte an sein Bett, meine Tränen konnte ich nicht mehr zurückhalten, endlich durfte ich sie weinen! Endlich war ich wieder bei ihm. Eine Sekunde war ich sogar glücklich.

»Bitte, bitte, Liebling, wach doch auf! Ich bin bei dir, deine Steffi, und ich lass dich nie wieder allein! Bitte halt doch durch, mein Wolf, du bist doch stark, aber ich nicht, ich bin gar nicht stark! Ich brauch dich, ganz doll, ich kann doch ohne dich nicht leben!«

Ich wollte so gern seine Hand halten, aber ich bekam sie gar nicht zu fassen, denn es steckten etliche Infusionsnadeln darin, und daran waren Schläuche befestigt. Der Mann war völlig verkabelt! Ich suchte nach ein bisschen Haut zum Streicheln, schließlich strich ich zärtlich über seine Nase, alles andere schien einbandagiert zu sein. Immer wieder rief ich Wolfs Namen, beschwor ihn, doch ja nicht aufzugeben, versicherte ihn meiner ewigen Liebe.

Ab und zu kamen irgendwelche Leute in Grün an sein Bett, ich wurde mitleidig betrachtet, man hantierte an Wolfs Infusionen oder den Monitoren herum. Eine freundliche Seele stellte mir ein Glas süßen, heißen Tee ans Bett.

Ich hatte jedes Zeitgefühl verloren. Saß ich seit Stunden auf dem harten Stuhl an Wolfs Bett, erst ein paar Minuten, oder saß ich einfach schon immer hier? Alles war möglich, es spielte überhaupt keine Rolle.

Irgendwann musste ich eingenickt sein. Ich hatte mir den kleinen Finger von Wolfs linker Hand als Kontaktpunkt erkoren, denn der schien einzig frei zu sein, und hielt ihn umklammert.

Plötzlich meinte ich, einen Gegendruck des Fingers zu spüren, auch die Geräusche der Überwachungsmonitore klangen irgendwie anders. Ich schoss hoch – war er etwa wach geworden?

»Wolf, Liebling, kannst du mich hören?« Wieder ein kaum wahrnehmbares Zucken des kleinen Fingers. Eine Welle der Hoffnung schwappte über mich, ich unterdrückte meine schon wieder aufsteigenden Tränen mit Mühe.

»Wolf, ich liebe dich so, alles wird gut, du wirst schon sehen!«

Da schlug er die Augen auf. Diesen Blick, mit dem er mich ansah, würde ich nie, nie wieder vergessen, das wusste ich sofort. Der Blick war tieftraurig, unendlich liebevoll, wissend um etwas, was ich nicht wahrhaben wollte, trotzdem aber voller Frieden.

»Wolf, du willst doch nicht etwa aufgeben, das darfst du einfach nicht, hörst du? Du musst kämpfen, um unserer Liebe willen, bitte kämpfe! Ich werde jetzt den Arzt rufen, sicher kann er ...«

Wolf schüttelte kaum merklich den Kopf. Auch seine Augen baten mich stumm, niemanden zu holen. Er bewegte die Lippen, schien mir etwas sagen zu wollen.

Ich beugte mich ganz nah zu ihm, mein Ohr berührte fast seinen Mund.

»Liebe dich so sehr«, kamen mühsam die Worte. »Muss gehen, halt Ausschau nach Seelchen ... Daisy fragen ... liebe dich ... immer ...«

Dann kam nichts mehr. Nur noch dieses grässliche Geräusch, dieser anhaltende Piepston.

Sein Herz hatte aufgehört zu schlagen.

10

Den dann einsetzenden Rummel bekam ich nur wie durch eine dicke Nebelwand mit. Vage bemerkte ich, wie mir jemand in den Arm stach, wahrscheinlich eine Beruhigungsspritze.

Über alles Weitere, das noch in Dubai geschah, hat sich ein gnädiger Schleier des Vergessens gelegt, ich kann mich an keine Einzelheiten erinnern.

Einzig Hartmuts Gesicht tauchte aus diesem Nebel auf, als er mir sagte: »Steffi, es tut mir so leid. Ich kümmere mich um alle Formalitäten; wir nehmen Wolf mit zurück nach Hause, eher fliege ich nicht. Ich brauche aber die Namen irgendwelcher Angehörigen, denn bei den deutschen Behörden gehst du nicht als seine Frau durch, jemand muss den Leichnam offiziell in Empfang nehmen! Hast du eine Telefonnummer für mich?«

Es kam mir so absurd vor, so überflüssig – wollte man mir jetzt noch den toten Wolf streitig machen? Aber ich war zu schwach, um zu protestieren, daher reichte ich Hartmut Wolfs Handy, das mir Dr. al Kabir ausgehändigt hatte. »Guck unter ›Daisy‹. Ich weiß, es klingt komisch, sie ist aber seine Schwester.«

Den Rückflug nahm ich gar nicht wahr. Als die Wirkung der letzten Beruhigungsspritze nachzulassen drohte, ließ ich mir zwei doppelte Wodka bringen, denn nüchtern wollte ich auf gar keinen Fall sein, wollte ich eigentlich nie wieder sein.

Und so landeten wir in Hamburg-Fuhlsbüttel, bevor ich es recht bemerkte.

Der Himmel war aschgrau, die Wolken hingen tief, und mein Herz wog mindestens eine Tonne, als ich mit bleischweren Knochen aus dem Flieger stieg. Meine Uniform war durchgeschwitzt und knittrig, aber es war mir ausnahmsweise egal, dass ich für meinen Arbeitgeber im Augenblick kein ansprechendes optisches Aushängeschild war. Die Crew hatte sich sehr lieb um mich gekümmert, der nette Purser hatte mir alle übrig gebliebenen Baileys zugesteckt, die ich nach den Wodkas in mich hineingekippt hatte. Jetzt waren meine Knie weich, ich wusste, dass ich betrunken war, dass der Schmerz, den ich mit Alkohol betäubt hatte, umso gnadenloser zurückkehren würde, wenn ich wieder nüchtern war. Ich ahnte, dass mir das Schlimmste noch bevorstand, dann, wenn ich allein in unsere leere Wohnung zurückkehren, allein im Bett liegen, morgens allein aufwachen würde, aber ich verdrängte diese Angst, weil ich sie einfach nicht aushielt.

Einen Tag nach dem anderen, dachte ich, einen Schritt nach dem anderen. Irgendwie würde es weitergehen. Irgendwie.

»Geht's gut?«, drang Susis besorgte Stimme zu mir durch. Sie war hinter mir ausgestiegen und legte den Arm um meine Taille.

»Nicht gut, aber es geht schon«, antwortete ich schwach. In diesem Moment sah ich, wie der Sarg aus dem Frachtraum getragen wurde. Es war ein grauer, schlichter Zinksarg, und zwei junge Männer trugen ihn über das Rollfeld.

»Da drinnen liegt Wolf«, sagte ich zu Susi. Dann brach mir die Stimme fast weg. »Ich kann es einfach nicht glauben«, flüsterte ich und kämpfte gegen das Gefühl von Schwäche, das in mir hochstieg, »ich weiß doch noch ganz genau, wie er sich anfühlt. Wie er riecht, wie er ... Er kann doch nicht einfach tot sein. Er kann mich doch nicht einfach so verlassen, so plötzlich! Er hat doch gesagt, wir hätten noch so viel Zeit, das ganze Leben.«

Ich hätte richtig gern geheult, aber es ging nicht, ich konnte einfach nicht. Ich musste stark sein, wenn ich Wolfs Familie gegenübertrat.

»Soll ich nicht lieber mitkommen?« Susi klang sehr besorgt, als sie meinem Blick folgte. Der Sarg wurde jetzt in eine silberfarbene Mercedeslimousine verladen, auf der der Name eines bekannten Hamburger Bestatters stand.

»Er kann doch gar nicht atmen«, sagte ich leise, »da unter dem schweren Deckel, da erstickt er doch.«

Wir gingen durch den Zoll, die Beamten winkten uns durch. Dann sah ich sie. Sie standen direkt hinter der Absperrung, eine blonde und eine grauhaarige Frau, und ich wusste gleich, dass sie es waren: Wolfs Mutter und seine Schwester Daisy. Normalerweise wäre ich unsicher und befangen gewesen, denn beide sahen trotz ihrer schwarzen Kleidung so nach Geld und guter Familie aus, dass ich mich sofort wie Aschenputtel hinterm Herd gefühlt hätte. Doch das war jetzt alles ganz unwichtig.

Ich ging auf die beiden zu und sagte: »Ich bin Steffi Blume, mein ganz herzliches Beileid.«

Die beiden Frauen sahen mich an, und in ihren Augen lag dieselbe bodenlose, pechschwarze Traurigkeit, die ich in mir fühlte.

»Sind Sie eine Kollegin?«, fragte die Mutter, und ihre Stimme klang so kühl, so gefasst, als wäre dies eine ganz normale Begegnung und nicht der schrecklichste Tag ihres Lebens.

»Ja, ich bin ... ich bin ...« Ich stotterte, weil ich nicht wusste, ob sie wusste, dass ihr Sohn die große Liebe meines Lebens war und sie fast meine Schwiegermutter.

»Ist ja auch völlig egal«, unterbrach sie mich. »Führen Sie mich einfach nur zu ihm, zu seinem ... Sarg, wollte ich sagen ...« Sie holte tief Luft, und ich wusste, wie sehr sie in diesem Moment um Fassung rang.

Wie gern hätte ich mich in ihre Arme geworfen, hätte sie getröstet, wohl wissend, dass Trost gar nicht möglich war, aber ein Blick auf ihre herrschaftliche Gestalt, auf ihren kerzengeraden Rücken stoppte mich, und ich sagte nur: »Ihr Sohn ist bereits abgeholt worden, der Wagen wartet auf Sie, ich kann gern ...«

»Danke, nicht nötig, sagen Sie mir einfach, wohin wir gehen müssen«, unterbrach sie mich, ohne mich anzusehen, während Daisy entschuldigend die Schultern hob und ein »Es geht ihr nicht besonders gut« murmelte.

Ich erklärte ihnen den Weg zum Parkplatz und sah ihnen nach, wie sie sich von mir entfernten, Mutter und Schwester, das letzte Stück von Wolf.

Seine Familie. Ich gehörte nicht dazu. Ich spürte, wie meine Augen feucht wurden. Wie immer hatte ich kein Taschentuch dabei, und als ich mir mit dem Uniformärmel übers Gesicht wischte, stand plötzlich Daisy wieder vor mir.

»Sie heißen Steffi Blume?«

Ich nickte.

»Dann sind Sie die ...?«

Ich nickte wieder. An meinem Ärmel war eine dicke, fette Tränenspur. »Ja, die bin ich«, bestätigte ich und sah, dass auch ihre Augen nass wurden, »wir sind gerade erst zusammengezogen.«

Mein Herz wurde in diesem Augenblick so schwer, dass es sich wie ein Stein anfühlte. Die Vorstellung, gleich die Tür zu unserer Wohnung aufzuschließen und dort alles ohne ihn vorzufinden, war einfach unerträglich.

»Ich melde mich«, sagte sie, »Sie bekommen natürlich auch eine Einladung.«

»Einladung?«, fragte ich verwirrt.

»Zur Beerdigung«, sagte sie und lächelte mich mit ernsten Augen an. »Sie werden doch kommen?«

Wieder nickte ich. Beerdigung statt Hochzeit, dachte ich benommen, der liebe Gott hat wirklich einen sehr schwarzen Humor.

»Wolf hat Sie sehr geliebt«, sagte Daisy. »Sie waren seine letzte, große Liebe. Genauso, wie Seelchen seine erste war.«

Seelchen? Wer ist denn nur Seelchen?, wollte ich fragen, aber da hatte sie sich bereits umgedreht und war verschwunden.

Ich habe keine Erinnerung mehr daran, wie ich nach Hause gekommen bin. Es war ein trüber Dezembervormittag, und überall strahlte bereits die Weihnachtsbeleuchtung. In den Fenstern glitzerten Sterne, Weihnachtsmänner und Engel, über den Straßen spannten sich bunte Lichterketten. Alles verschwamm, alles war seltsam unwirklich, bis ich meine Wohnungstür aufschloss. Aus den Augenwinkeln hatte ich das Türschild gestreift, »Wolf Clausen – Steffi Blume«, und dann stand ich im Flur. Ganz allein. Ich ließ meinen Koffer fallen und blieb einfach stehen, weil ich nicht wusste, wohin ich gehen und was ich machen sollte.

Die Stille erschlug mich.

Ein Bad nehmen und daran denken, wie Wolf sich immer dazugelegt hatte? Wie wir uns noch vor einer Woche im

Schaum geliebt hatten, mitten zwischen seiner quietschgelben Gummienten-Sammlung?

Am Küchentisch sitzen und ein Glas Wein trinken und daran denken, dass er jetzt im Sarg lag und nie wieder den Korken mit den Zähnen herausziehen und »Ich kann noch andere Kunststücke, soll ich sie dir zeigen?« sagen würde?

Auf dem Sofa lümmeln, und in den Kissen noch seinen Geruch vorfinden?

Ich konnte gar nichts tun, als der Schwäche meiner Beine nachzugeben und mich mitten in den Flur zu setzen. So blieb ich sitzen, und plötzlich fing mein Herz wie verrückt zu rasen an. Es fühlte sich an, als würde mich mein eigenes Herz erschlagen.

Ein merkwürdiges Gefühl, die Stille in meiner Wohnung und das laute Herzrasen in meinem Körper. Ich hatte so einen Riesendruck, dass ich dachte, ich würde gleich platzen.

Nach einer langen, langen Zeit stand ich auf und lief ziellos in der Wohnung herum. Ich merkte, wie der Schmerz langsam auf mich zukam, wie eine Riesenwelle, die drohend über mir stand und mich jede Sekunde verschlingen würde. Ein Gedicht von Erich Fried fiel mir ein:

»Der erste Tag war leicht
Der zweite Tag war schwerer
Der dritte Tag war schwerer als der zweite
Von Tag zu Tag schwerer:
Der siebte Tag war so schwer,
Dass es schien, er sei nicht zu ertragen
Nach diesem siebten Tag
Sehne ich mich
Schon zurück.«

Das Wohnzimmer sah genauso aus, wie ich es vor ein paar Tagen verlassen hatte. Die Kissen waren noch eingedrückt, die Fische glotzten noch vorwurfsvoll im Aquarium, die Frauenzeitschrift war noch auf derselben Stelle: »Damit die Liebe immer frisch bleibt – 100 Tipps für frisch Verliebte« aufgeschlagen, sogar die halb leere Milchkaffeetasse stand noch auf dem Fernseher. Es war, als wären wir nie weggewesen. Es war, als würden wir immer wiederkommen.

»Hallo«, begrüßte ich meinen Schneemann, der, von Kerzen umrahmt, auf der Fensterbank stand, »tut mir leid, dass ich dich ein bisschen vernachlässigt habe.«

Vorsichtig, denn er war ja schon ein etwas fragiler, älterer Herr, nahm ich ihn hoch, stellte ihn auf meine Handfläche und betrachtete ihn. »Du bist der Einzige, den ich jetzt ertragen kann«, sagte ich zu ihm, »obwohl du mich so an Weihnachten erinnerst.«

Ich sah, dass der Anrufbeantworter blinkte, und zögerte.

»Soll ich rangehen, Schneemann?«, fragte ich den kleinen Wicht auf meiner Hand. »Okay, wenn du meinst.« Ich drückte den blinkenden Knopf.

»Bruderherz, wann lern ich endlich deine neue Flamme kennen? Warum versteckst du sie vor uns? Ist sie so hässlich, mein Donald? Kleiner Scherz. Melde dich, wenn du aus Los Angeles zurück bist.«

»Erkennst du diese Stimme? Hier spricht deine Mutter, die gerne wüsste, ob wir Weihnachten mit dir rechnen können. Deine Schwester hat angedeutet, dass du wieder liiert bist, aber bevor du mir deine derzeit aktuelle Freundin nicht vorgestellt hast, hielte ich eine Weihnachtseinladung für unpassend. Vermutlich hat sich die Sache, wie gewöhnlich, ja auch bereits erledigt.«

»Hallo, mein Schatz …«

Seine Stimme. Warm, tief, mit diesem leisen Lachen, das ich so liebte. Ganz nah war sie und doch so unendlich weit weg.

»Ich gehe jetzt gleich auf den Markt, um dir deine Pistazien zu kaufen. Leider hab ich so eine nervige Kollegin aus einer anderen Crew am Hals, die unbedingt mitkommen will. Aber du kennst mich, ich kann einfach nicht nein sagen. Aber keine Angst, Liebling, sie ist überhaupt nicht mein Typ. Aber du bist es. Ich liebe dich, und wenn wir uns bald sehen, dann zeige ich es dir. Die ganze Nacht.«

Noch eine Nachricht.

»Hallo, hier spricht Igor. Dies ist eine Nachricht für die wunderschöne Steffi. Ich hoffe, bei euch ist alles in Ordnung und Wolf geht es gut. Ich muss überraschend nach Moskau, mein Vater ist im Krankenhaus. Kannst du meine Blumen gießen? Schlüssel liegt unter der Fußmatte. Ich bedanke mich bei meiner Rückkehr mit einer kostenlosen Fußmassage. Ciao und danke.«

Mein Herz war jetzt so schwer, dass ich mich ins Bett legen musste. Ich zog die Decke bis zum Hals, griff zu seinem Kopfkissen, presste es an mich und lag einfach nur so da, die Tage und Nächte verschwammen, es wurde hell, es wurde dunkel, es war egal.

Manchmal stand ich auf und kochte mir einen Tee, essen konnte ich nichts. Ich hatte auch noch eine Flasche Whiskey gefunden; erst tat ich nur immer einen kleinen Schluck in meinen Tee, bald ließ ich den Tee weg, weil es überhaupt keine Rolle spielte, wie sehr ich mich gehen ließ. Es ging nur darum, dem furchtbaren Schmerz, der mich wie ein wildes Tier gepackt hielt, ein bisschen von seiner Wucht zu nehmen.

Ich hatte keinerlei Zeitgefühl. Hartmut hatte mir auf dem Rückflug gesagt, dass meine Firma mich bis auf Weiteres vom Fliegen frei stellte, ich solle mich melden, wenn es mir besser ginge. Der Gedanke an die Arbeit war so vollkommen absurd, ich konnte mir nicht vorstellen, jemals wieder einen Flieger zu besteigen, aber ich konnte mir auch nicht vorstellen, überhaupt wieder etwas zu tun. Ich dämmerte einfach dahin und hoffte immer, einzuschlafen, am besten gleich für immer, weil nur dann der Schmerz nachließ.

11

Als ich nach drei Tagen aufstand, war ich so schwach, dass ich mich stützen musste, sonst wäre ich hingefallen. Ich ließ mir erst einmal ein heißes Bad ein und lag dann so lange in der Wanne, bis ich völlig verschrumpelt war. Als ich mich abtrocknete, stellte ich fest, dass mein kleines Bäuchlein restlos verschwunden war.

»Hallo, Schneemann«, rief ich in die stille Wohnung und stellte fest, dass ich krächzte, »ich bin so schlank wie noch nie, Schneemann. Was sagst du dazu?«

Und dann, ohne Vorankündigung, kamen endlich die Tränen. Es schüttelte mich richtig, ich weinte und keuchte, ich jammerte und schrie den ganzen Schmerz aus mir heraus. Als es vorbei war, fiel ich in mich zusammen wie ein Kartenhaus.

Ich hörte ein Geräusch an der Tür und sah, wie die Post durch den Briefschlitz gesteckt wurde und zu Boden auf den Haufen fiel, den ich noch nicht weggeräumt hatte. Ein Brief mit Trauerrand. Ich riss ihn auf.

Wolfs Todesanzeige. »Weine nicht, dass es vergangen, lache, dass es gewesen« stand in der rechten oberen Ecke, und ich dachte nur: Was für ein saublöder Satz. Die Beerdigung »im engsten Familienkreis« fand bereits übermorgen statt.

Ich legte den Brief zur Seite und war ratlos. Offiziell gehörte ich nicht zur engsten Familie, war ich trotzdem eingeladen? Wollte ich überhaupt dabei sein? Wollte ich den blumengeschmückten Sarg sehen, wie er in die Erde gelassen wurde, wollte ich drei Schaufeln Erde auf meinen Liebsten schütten? Wollte ich im schlimmsten Moment meines Lebens unter fremden Leuten sein?

Um mich abzulenken, hob ich den Schlüssel unter Igors Fußmatte hoch, ließ mich in seine Wohnung und goss seine diversen Zimmerpflanzen. Seine Fensterbänke quollen geradezu über von großen und kleinen Blumentöpfen. Er schien einen grünen Daumen zu haben, denn alle sahen sehr fröhlich und gesund aus.

Ich trödelte ein bisschen herum, denn es grauste mich, in die Grabesstille meiner Wohnung zurückzukehren. Still war es auch bei Igor, aber es war eine friedvolle, heitere Stille. Ich wanderte durch die Zimmer. Dies musste sein Schreibtisch sein. Er war bedeckt mit Bleistiftzeichnungen. Ich hatte gar nicht gewusst, dass Igor eine künstlerische Ader hatte. Neugierig geworden, trat ich näher. Oben auf dem Stapel Papiere lag ein Blatt mit einer Frau ... Das war ja ich! Unverkennbar, ich hielt meinen linken Fuß umklammert, im Hintergrund unser Treppenhaus, mein Gesicht zu einer drolligen Grimasse verzogen.

Plötzlich hatte ich Sehnsucht nach Igors Stimme und rief sein Handy an. Es fing an zu klingeln, und ich entdeckte es hinter einem Sofakissen. Offensichtlich hatte er es in der Eile vergessen.

Kein Trost also aus Russland. Es hatte sich wirklich alles gegen mich verschworen. Schlimmer konnte es nicht werden. Wenigstens etwas.

Doch ich täuschte mich. Es wurde schlimmer.

Ich hatte mir einen Platz ganz hinten in der Kapelle gesucht, weil ich nicht gewusst hätte, wie ich mich zwischen all den schwarz gekleideten Menschen, die ich nicht kannte, verhalten sollte. Wer würde mir denn glauben, dass ich ihn zwar am kürzesten kannte, mein Schmerz trotzdem am größten war? Dass ich mit seinem Tod am meisten verloren hatte?

Ich hatte noch nicht viel Vergangenheit zu betrauern, dafür unsere ganze Zukunft.

Es kam mir so unwirklich vor, dass er da, kaum dreißig Schritte von mir entfernt, in einem Sarg lag. Dass mich ein schwerer Deckel davon abhalten sollte, mich einfach zu ihm zu legen. Ihn zu wärmen und zu streicheln. Ihn so lange zu küssen, bis er, wie Schneewittchen, die Augen wieder öffnen würde. Oder da neben ihm einfach auch zu atmen aufhören und mit ihm zu gehen, wo auch immer er jetzt hinging.

Ich hätte ihn so gern noch einmal gesehen, mich so gern von ihm verabschiedet, aber es war zu spät. Die Rede des Pastors rauschte an mir vorbei, die Musik war ohne Klang. Und dann spürte ich einen kalten Zug im Rücken, die Tür ging auf, und acht finster blickende Männer traten ein, gingen auf den Sarg zu, hoben ihn hoch und verließen mit ihm die Kapelle.

Wie in Trance folgte ich der Trauergemeinde durch den wunderschönen Ohlsdorfer Friedhof, vorbei an kalten Grabsteinen und kahlen Büschen, die im Sommer blühende Hortensien sein würden.

Den kleinen schwarzweißbraunen Hund sah ich erst, als ich, aus sicherer Distanz zu den Trauernden, beobachtete, wie einer nach dem anderen zur Schaufel griff oder eine Blume in das Grab warf. Ich wartete, bis alle gegangen waren, und als ich auf die Grube zuging, schien es mir, als würde mich der Hund beobachten. Er stand am Kopfende des Grabs, sein Kopf mit den spitzen Ohren war leicht zur Seite geneigt, als lausche er auf eine Melodie, die nur er hören konnte. Sein kleiner

Hundekörper drückte Anmut und Andacht aus. Vermutlich fiel er mir nur auf, weil er der einzige Hund auf dem Friedhof war.

Als ich vor dem Sarg stand, griff ich in meine Tasche und holte den Pullover heraus, den ich Wolf zu Weihnachten hatte schenken wollen. Er war dunkelblau, aus Kaschmir, ich hatte ihn bei meinem letzten Bangalore-Flug für ihn gekauft.

»Damit du nicht so frieren musst, mein Schatz«, flüsterte ich und warf ihn mit Schwung in die Grube, während ich, ganz merkwürdig, die braunen Augen des kleinen Köters intensiv auf mir spürte. »Was glotzt du so blöd?«, rief ich ihm über die Grube zu. »Hau ab, du hast hier überhaupt nichts zu suchen.«

Aber er blieb. Er rührte sich nicht von der Stelle und wartete geduldig ab, bis ich mich von Wolf verabschiedet hatte.

Als ich mich umdrehte und den langen Weg zum Ausgang zurückging, folgte er mir. Niemand von Wolfs Familie hatte mich angesprochen. Beachtet hatte mich nur dieser merkwürdige kleine Hund. Das war so absurd, dass ich an meinem Verstand gezweifelt hätte, aber ich fühlte mich sowieso wie im Traum, seltsam unwirklich. Vielleicht lebte ich gar nicht mehr, vielleicht konnte mich deshalb niemand sehen, außer diesem komischen Viech – es hieß ja, Tiere können Geister sehen …

Ich schüttelte diese Gedanken ab, ich wollte weg hier, weg von dem fürchterlichen Anblick, wie diese schwarzen Männer, die aussahen wie Unglücksraben, kalte Erde auf meinen Wolf schaufelten. Weg von der Endgültigkeit des Todes.

Es fing an zu schneien. Wolf hatte den Schnee so geliebt. Immer hatte er darüber geklagt, dass es in Hamburg so selten schneite, und jetzt fielen wie als letzter Gruß an ihn dicke, schöne Flocken auf sein Grab, auf seine im Aufbruch befindliche Trauergesellschaft.

Ich lächelte bitter. Das kannst du dir jetzt auch sparen, lieber Gott, dachte ich. Warum nur konntest du nicht einfach besser auf ihn aufpassen, ihn beschützen, dann könntest du den ganzen blöden Schnee für dich behalten! Ich ging weiter, da sah ich, wie ein paar Schritte vor mir dieser kleine Hund wie ein Wilder ausgelassen durch den Schnee tollte, er raste herum, jagte seinem eigenen Schwanz nach und biss in den Schnee. Jetzt sauste er auf mich zu, stupste mich an, als wollte er mit mir spielen.

Gegen meinen Willen musste ich lachen. »Na, wenigstens du hast Spaß an Wolfs Schnee!«, sagte ich. »Aber jetzt hau ab, ich möchte allein sein. Kusch, nun verschwinde schon endlich!«

Ich drehte mich um und ging – und wusste nicht, wohin. Es gab niemanden, mit dem ich meinen bodenlosen Schmerz hätte teilen können oder wollen. Allerhöchstens vielleicht Igor, der ja alle Dramen der letzten Wochen hautnah miterlebt hatte, außer dem grauenvollen Ende. Aber Igor war nicht erreichbar.

Zurück in die Wohnung? Nach Hause? Ich hatte kein Zuhause mehr. Meine Heimat war Wolf gewesen, ihm hatte mein Herz, meine Seele gehört, ich hatte sie ihm geschenkt, und sie waren eben zwei Meter tief in die kalte, feuchte Hamburger Erde gesenkt worden. Mich fröstelte. Die Wohnung war ohne Wolf nur noch eine Behausung, in der ich fror, egal, wie hoch ich die Heizung stellte.

Ziellos wanderte ich also einfach über den Friedhof, der ja mehr ein riesiger Park ist, vorbei an den Grabstellen von Ida Ehre und Gustaf Gründgens. Schau, Liebling, sagte ich zu Wolf, da hast du doch ziemlich illustre Gesellschaft! Immer weiter lief ich, immer weiter, nur nicht nachdenken müssen, nur keine Entscheidung treffen müssen. Nicht einmal, wie und wo ich die nächsten Stunden verbringen sollte.

Schließlich stieß ich oberhalb einer Böschung auf die Grabstätte der Tierpark-Familie Hagenbeck. Dort war der Lieblingslöwe »Triest« des Tierparkgründers Carl Hagenbeck in Bronze verewigt – und vor diesem Bronzelöwen saß doch tatsächlich der kleine Hund von Wolfs Grab!

»Das gibt's doch nicht! Langsam wirst du mir aber wirklich unheimlich! Hast du denn auch kein Zuhause? Wo ist denn dein Frauchen oder Herrchen? Komm, zieh schon Leine, bei mir bist du an der ganz falschen Adresse!«

Der Hund wedelte mit dem Schwanz, kam aber nicht näher.

»Jetzt hör mir mal gut zu: Ich bin eigentlich schon so gut wie gestorben, ich will nur allein sein, ich will keine Gesellschaft, und schon gar nicht von so einer Flohschleuder wie dir. Vergiss es! Such dir gefälligst ein anderes Asyl, und hör auf, mir hinterherzurennen!«

Ich drehte mich um und stürmte weg. Nach ein paar Metern drehte ich mich um und sah gerade noch, wie der Köter sich erhob und mir folgen wollte.

»Es reicht!«, schrie ich. »Verzieh dich endlich!« Dann griff ich mir eine Handvoll Schnee, formte eine Kugel daraus und warf sie nach dem Hund. Er jaulte auf, obwohl ich ihn gar nicht getroffen hatte. Werfen war schon in der Schule nicht meine größte Stärke gewesen. Er zog den Schwanz ein und ging hinter dem Löwendenkmal in Deckung.

»Hast Glück, dass ich so schlecht zielen kann ...«, murmelte ich. Aber gut fühlte ich mich nicht dabei, denn schließlich konnte das Tier nichts für meinen Schmerz. Ich hatte jetzt genug von dem Friedhof, außerdem war ich inzwischen grün und blau gefroren, denn ich hatte Wolfs Lieblingskleid angezogen zur Beerdigung, damit er einen letzten guten Eindruck von mir haben sollte, und dieses Kleid bestand nicht gerade aus viel Stoff.

Hoffentlich bekomme ich eine Lungenentzündung, dachte ich, dann sterbe ich und kann endlich wieder bei Wolf sein.

Ich verließ den Friedhof, stieg in mein Auto und fuhr erst mal zum nächsten Supermarkt. Mein Alkoholvorrat war zur Neige gegangen, und ich traute mich nicht in die Wohnung zurück ohne die Betäubungsmöglichkeiten, die zwei Flaschen Whiskey versprachen.

12

Die nächsten Tage waren einfach nur grauenvoll. Ich ging nie ans Telefon, die Nachrichten auf meinem Anrufbeantworter wurden immer besorgter. Meine Mutter, die ja keine Ahnung von meinem Elend hatte, war die einzige fröhliche Stimme, die ich in diesen Tagen hörte. Sie wollte Weihnachtspläne schmieden, aber ich rief sie nie zurück, ich konnte einfach nicht. Hartmut rief an, auch Britta, Susi und eine Reihe anderer Kollegen, einmal sogar Igor. Aber den Anruf verpasste ich leider, weil ich betrunken im Bett lag. Er hatte keine Nummer hinterlassen, unter der ich ihn hätte erreichen können.

Und dann, ich weiß nicht, wie viele Tage seit der Beerdigung ins Land gegangen waren, denn ich hatte das Haus seither nicht mehr verlassen, saß ich im Wohnzimmer neben dem Telefon, als Daisy anrief.

»Guten Tag, hier spricht Emmi Clausen. Ich würde Sie sehr gerne treffen, Frau Blume, bitte melden Sie sich doch bei mir!« Hier wurde ihre Stimme seltsam belegt, sie musste sich räuspern, die nächsten Worte waren kaum zu verstehen.

Ich beugte mich vor, rutschte ganz nah ans Telefon heran.

»Steffi, er fehlt mir so furchtbar! Ich muss mit jemandem sprechen, der ihn genauso vermisst, bitte ...«

Da hatte ich schon den Hörer hochgerissen: »Okay, kommen Sie her, aber ich muss Sie warnen, es geht mir nicht besonders gut, und die Wohnung ...«

»Oh, Steffi, wie bin ich froh! Darf ich gleich kommen? Ich muss einfach mal mit einem Menschen ...«

Ihre Stimme brach, aber ich wusste genau, was sie meinte. Ich fühlte mich ihr in diesem Moment näher als jedem anderen Menschen, obwohl ich sie überhaupt nicht kannte, denn mein Schmerz war auch ihr Schmerz, und sonst zählte nichts.

»Ja, bitte, komm, ich warte auf dich.«

Zehn Minuten später klingelte es bereits an meiner Tür.

Ich hatte hastig versucht, die schlimmsten Spuren meiner Trauerarbeit zu beseitigen, vor allem hatte ich die leeren Flaschen, die überall herumlagen, in den Mülleimer geworfen, außerdem die Berge von zerknüllten Taschentüchern, die sich überall in der Wohnung türmten. Dann hatte ich mir im Badezimmer Hände voll kalten Wassers über mein Gesicht geschüttet und mir noch hastig ein paar saubere Klamotten übergezogen. Mehr Zeit war nicht, denn da stand Daisy-Emmi bereits vor meiner Tür.

Ich öffnete, sie stand vor mir, und ihr Anblick erinnerte in keiner Weise mehr an die umwerfende Schönheit, die mir aus Wolfs Handy entgegengestrahlt hatte, ihre Augen waren rot geweint, sie sah nicht schlank aus, sondern abgemagert, es war, als blickte ich in einen Spiegel. Ich breitete einfach meine Arme aus, und sie sank hinein, wir klammerten uns aneinander fest, beide wissend um den entsetzlichen Verlust der anderen.

»Komm doch bitte herein«, sagte ich und ging vor in die Küche. Sie folgte mir. »Früher war es hier gemütlicher, als Wolf noch ...«, murmelte ich, aber sie winkte nur müde ab.

»Ich weiß doch. Lass nur, das ist jetzt so was von egal ...« Sie konnte nicht weitersprechen.

»Was möchtest du trinken? Tee, Saft, Espresso, ich könnte dir auch einen Cappuccino machen ...«

»Und ein bisschen Zucker auf den Milchschaum streuen?«, meinte sie mit schiefem Grinsen und Tränen in den Augen.

»Genau ...«, sagte ich und musste auch schon wieder schlucken. Ich nahm mich zusammen und machte jedem von uns einen Cappuccino, irgendwie kam kein anderes Getränk in Frage. Dann saßen wir uns mit unseren dampfenden Tassen in der Küche gegenüber.

»Steffi, ich hatte mich so darauf gefreut, dich kennenzulernen!«, sagte sie. »Wolf war so verändert, seit er mit dir zusammen war! So fröhlich, so entspannt, so voller Pläne! Weißt du, was er mir bei unserem letzten Telefonat gesagt hat?«

Ich schüttelte den Kopf. Ich hatte ja noch nicht einmal etwas von Daisys Existenz geahnt, geschweige denn war ich über den Inhalt ihrer Telefonate mit Wolf informiert.

»Er hat gesagt«, fuhr sie fort, »dass du die erste Frau in seinem Leben bist, die er sich als Mutter seiner Kinder vorstellen könnte! Und er wollte vorher nie Kinder! Weißt du, unsere Mutter ist ... nun ja, kein sehr mütterlicher Typ.«

Ja, das hatte ich bereits bemerkt.

»Unsere Kindheit ...«, fuhr sie fort, »war nicht sehr heiter. Wenn wir uns nicht gegenseitig gehabt hätten, tja, dann wären wir wohl ... erfroren. Wir haben uns immer geschworen, dass wir nie Kinder haben würden, denn wir wollten niemandem zumuten, so etwas zu erleben, wie wir ... Na ja, du verstehst mich schon. Nur Seelchen war ...«

»Seelchen«, fragte ich, »wer ist denn das eigentlich? Weißt du, Wolf hat mir kurz vor seinem ... Tod ... in Dubai im Krankenhaus gesagt, ich solle dich nach Seelchen fragen!«

Daisy lachte, es klang traurig: »Wirklich? Ja, also, Seelchen war Wolfs Hund. Er hat ihn bekommen, als er so etwa acht Jahre alt war. Ein kleiner, putziger Kerl, ganz strubbelig, aber mit den schönsten Hundeaugen der Welt. Er ist Wolf zugelaufen, wir haben nie herausfinden können, wo er eigentlich herkam. Irgendwie hat Wolf es bei unserer Mutter durchgesetzt, dass er ihn behalten durfte. Er war Wolfs und mein Vertrauter. Klingt komisch, aber er war irgendwie gar nicht wie ein Hund, er war ein richtiger Freund! Wir haben ihn sehr geliebt. Leider ist er nicht sehr alt geworden, nur sechs Jahre.«

Wir schwiegen uns eine Weile an, und es fiel mir auf, wie gut ich mit Daisy schweigen konnte. Wie vertraut ich mich mit ihr fühlte. Dabei war sie mir ja ganz fremd, und sie sah auch Wolf überhaupt nicht ähnlich. Da, wo er lang und schlank gewesen war, füllte sie ihre höchstens ein Meter siebzig unter anderen Bedingungen sicher formvollendet aus. Er war dunkelhaarig gewesen, sie quietschblond, nur die Augenfarbe ... nein, ich durfte jetzt einfach nicht an Wolfs Augen denken, ich durfte nicht!

»Woran ist er denn gestorben?«, fragte ich, um mich abzulenken, nicht weil es mich besonders interessierte.

»Meine Mutter hat ihm ein halbes Hähnchen in den Napf gelegt«, Daisys Stimme klang zögernd, so als wolle sie ihre Gefühle lieber für sich behalten, »er ist an einem Knochen erstickt. Wir haben ihr das lange nicht verziehen.«

»Aber meinst du denn, dass sie das mit Absicht ...?«

Da hörten wir ein Kratzen an der Tür. Dann ein kurzes Bellen. Wir gingen beide in den Flur, ich machte die Haustür auf, und da saß doch tatsächlich der kleine Hund vom Friedhof auf unserer Fußmatte und wedelte mit dem Schwanz!

»Also, das ist doch nicht zu fassen, wie kommst du denn hierher?« Ich schwankte zwischen leichtem Genervtsein und einem kleinen bisschen Freude. Einem winzigen bisschen.

Da schob Daisy mich zur Seite und starrte ihrerseits vollkommen verblüfft auf das Tier. »Der sieht ganz genauso ... Das gibt's doch nicht ...«, rief sie, »du siehst ganz genauso aus wie Seelchen, du kleine Töle.«

Der kleine Kerl legte den Kopf schief, dann erhob er sich und marschierte einfach an uns vorbei in die Wohnung, den Flur entlang und zielsicher in die Küche. Dort sprang er auf einen Stuhl, setzte sich und wedelte fröhlich mit dem Schwanz.

»Also, da hört sich doch alles auf!«, rief ich. »Runter von dem Stuhl! Tiere sitzen nicht am Tisch!«

Der Hund bellte kurz, stupste mit der Schnauze die Tasse an, sprang dann aber zurück auf den Boden. Er leckte mir kurz die Hand, dann lief er zu Emmi, tat bei ihr dasselbe, und dann rollte er sich unter dem Küchentisch zusammen und schnaufte zufrieden.

Ich starrte Emmi an, die ihrerseits mich anstarrte.

»Was hat nun das zu bedeuten? Ich kann doch keinen Hund gebrauchen bei meinem Beruf! Ich kann mich um niemanden kümmern, nicht mal um mich selbst. Das geht nicht, Hund! Warum kommst du ausgerechnet zu mir? Hast du kein Herrchen oder Frauchen?« Ich fühlte durch sein Fell, ob er ein Halsband mit Hundemarke trug. Nichts. Ich war ratlos. Das Tier sah nicht aus, als würde es freiwillig wieder verschwinden. »Emmi«, rief ich, »willst du ihn nicht haben?«

Sie grinste: »Im Prinzip schon, leider hab ich nur eine klitzekleine Wohnung. Aber wenn du wieder fliegst, pass ich gern mal auf ihn auf.«

Unter dem Tisch war ein kurzes Bellen zu hören. »Ich muss los, tut mir leid, aber meiner Mutter geht es gar nicht gut. Ich komm aber bald wieder, wenn ich darf?«

Sie kam zu mir, nahm mich in die Arme und drückte mich ganz fest. »Steffi, du wirst sehen, wir beide schaffen das schon. Irgendwie. Weiterzuleben meine ich. Komisch, es geht mir jetzt ein bisschen besser als vorhin noch. Mir ist so, als hätte ich eine Schwester bekommen!« Sie guckte mich an, ein wenig verlegen.

Der Hund war unter dem Tisch vorgekommen, er hatte sich neben uns gesetzt und den Kopf schief gelegt. Bei Emmis letzten Worten fing er laut an zu bellen.

Wir sahen uns an und mussten auf einmal schallend lachen. Es war ganz ungewohnt nach all den Tränen, aber ach, es fühlte sich so gut an! Wir konnten gar nicht wieder damit aufhören.

Irgendwann schnappte Emmi nach Luft, wandte sich an den Hund und keuchte atemlos: »Deine Zustimmung haben wir also, äh ... Wie soll er eigentlich heißen, Steffi?«

»Keine Ahnung. Ich muss erst mal überlegen, ob ich ihn überhaupt will. Vielleicht bringe ich ihn auch ins Tierheim. Aber bis dahin ist er ›Heydu‹, das muss reichen.«

Emmi lachte wieder, zog sich ihren Mantel über, winkte uns beiden noch einmal zu und ging.

Der Hund machte keinerlei Anstalten, ihr zu folgen. Er saß einfach da und guckte mich aufmerksam an.

»Na, ich weiß nicht, ob du weißt, was du dir da angetan hast, Heydu, ich bin kein so tolles Frauchen, besonders im Moment nicht. Ja, wenn Wolf noch hier wäre, der war ganz verrückt nach Hunden! Der hätte dir gefallen, bestimmt!«

Der Hund legte seinen Kopf schief, was einfach zu drollig aussah, und bellte einmal kurz. Er sah aus, als könnte er jedes Wort genau verstehen.

Ich hockte mich zu ihm auf den Boden, streckte vorsichtig meine Hand aus und streichelte seinen Kopf. Ich war als Kind mal von einem Schäferhund gebissen worden, seitdem extrem vorsichtig mit allem, was Fell und vier Beine hatte, aber dieser Hund sah einfach zu niedlich aus. Kein bisschen gefährlich. Er guckte mich an, schloss dann die Augen und machte einen langen Hals – wäre er ein Kater gewesen, hätte er jetzt bestimmt geschnurrt. Ich kraulte ihn hinter seinen frechen Ohren und fühlte mich seltsam getröstet. Es tat so gut, ein lebendes Wesen in der Wohnung zu haben, ein Gegenüber, jemand, der etwas von der entsetzlichen, eiskalten Leere füllte, die mir unser Zuhause so unerträglich gemacht hatte. Einfach jemand, der mit mir zusammen atmete und der ein warmes Fell für meine kalten Füße hatte. Und für mein eiskaltes Herz.

»So, Heydu, dann zeig ich dir jetzt mal die Wohnung. In der du vorübergehend bleiben kannst. Ich betone – vorübergehend. Los, komm mit!«

Wieder bellte er kurz, sprang auf, wedelte mit dem Schwanz und lief mir voraus in Richtung Wohnzimmer. Vor dem Aquarium blieb er stehen, drehte den Kopf hin und her und schien die Fische mit den Augen zu verfolgen.

»Du, damit das mal klar ist: Die Fische sind tabu! Ich finde sie zwar ziemlich langweilig, ja, knurr du ruhig, Wolf hört mich ja nicht. Er war jedenfalls ganz begeistert von ihnen, deshalb müssen wir lieb zu ihnen sein! Verstehst du?«

Der Hund bellte noch mal kurz, dann lief er weiter, ins Schlafzimmer. Dumm schien er nicht zu sein.

Dann standen wir vor unserem Bett, Wolfs Hälfte war noch genauso zerwühlt wie nach dem letzten Aufstehen, ich hatte mich bisher einfach nicht dazu aufraffen können, seine Bettwäsche zu waschen, die immer noch ein bisschen nach ihm roch. Mich schreckte einfach diese Endgültigkeit. Der Hund schaute mich kurz an, dann machte er einen großen Satz und sprang mitten auf die verwaiste, zerwühlte Betthälfte.

»Also, das geht jetzt aber zu weit!«, rief ich empört. »Hunde haben in Betten wirklich nichts verloren! Raus da, aber dalli!« Ich wollte nach ihm greifen, er wich aus, ich hinterher, es wurde eine regelrechte Jagd durch die Kissen. Es war einfach absurd, aber es war auch wirklich komisch.

Schließlich setzte ich mich erschöpft auf den Bettrand. Heydu hielt sich außer Reichweite und schien mich auszulachen.

»Hör zu, du alte Flohschleuder, ich bin wirklich nicht übertrieben pingelig, aber ich werde Wolfs und mein Bett nicht mit einem Hund teilen. Ich hole dir jetzt ein Sofakissen, das legen wir da hinten in die Ecke, und da darfst du schlafen!«

Wieder schien er mich verstanden zu haben, denn er sprang tatsächlich vom Bett.

»Na also, geht doch«, murmelte ich. »Morgen gehen wir beide einkaufen, mein Kühlschrank ist total leer, Schande über mich. Ich bin so was von müde, Heydu, heute kann ich, glaub ich, ohne Drink einschlafen. Darf man das als Fortschritt betrachten? Ich finde, man darf.«

Er kam zu mir, stupste mich mit der Schnauze ans Knie, und ich wuschelte ihm ein bisschen das Fell. Dann ging ich ins Bad, putzte mir die Zähne, benutzte sogar die verhasste Zahnseide, dann zog ich mir ein sauberes Nachthemd an. Es tat gut, diese ganz normalen Dinge endlich wieder zu tun, ohne ständig in Tränen auszubrechen. Ich holte noch das versprochene Sofakissen, dann ging ich ins Bett, sah zu, wie der Hund sich auf seinem Kissen zusammenrollte, machte das Nachttischlicht aus und lauschte in die Dunkelheit.

Kurz vor dem Wegdämmern hörte ich auf einmal ein ganz leises Schnarchen.

»Wolf?«, rief ich im Halbschlaf.

Das Schnarchen wurde lauter. Ich schreckte hoch - wie blöd von mir, nicht zu wissen, dass Hunde auch schnarchten. In diesem Fall genauso wie Wolf schnarchten!

Ob mir der liebe Gott dieses Schnarchen als kleinen Trost geschickt hatte? Denselben gleichmäßigen, fast melodischen Schnorchelton, der mich so viele Nächte begleitet hatte.

»Ach, Wolf, wenn du bloß wüsstest, dass hier ein Hund liegt, der genauso schnarcht wie du«, flüsterte ich, seltsam getröstet.

13

Am nächsten Morgen wachte ich auf, die Sonne schien durch das Fenster. Ich hatte die erste Nacht seit Wolfs Tod durchgeschlafen! Der Stein auf meinem Herzen, der in den letzten Wochen mein ständiger Begleiter war, schien etwas leichter geworden zu sein. Lächelnd drehte ich den Kopf in die Hundeschlafecke, aber das Kissen war leer! Hatte ich mir den Hund etwa nur eingebildet?

Da hörte ich direkt neben meinem Ohr einen leisen Pfeifton. Ich fuhr herum und sah einen kleinen, wuscheligen Hundekörper, der es sich auf Wolfs zerwühlter Bettdecke gemütlich gemacht hatte.

»Sag mal, spinnst du?«, rief ich und schubste ihn so heftig, dass er mit einem erschreckten Jaulen vom Bett fiel. »Tut mir leid, mein Kleiner«, ich sprang aus dem Bett und ging zu ihm, er stand schon wieder auf seinen vier Pfoten und sah mich sehr vorwurfsvoll an, »aber gewisse Regeln musst du einhalten. Du bist ein Hund, und ich bin eine Frau, und wir schlafen nicht in einem Bett, hast du mich verstanden?«

Es klingelte an der Tür; wie ein Blitz schoss Heydu vor den Briefschlitz und bellte wie verrückt.

»Wenn du nicht sofort die Schnauze hältst, sind wir geschiedene Leute«, zischte ich Heydu an, während ich die Tür öffnete und mit einem »Endlich bist du wieder da« in Igors Arme sank.

Drei Stunden später saßen wir immer noch an meinem Küchentisch, weil es so lange dauerte, Igor von den schrecklichen Wochen in meinem Leben zu berichten, die er ahnungslos in Russland verbracht hatte. Und obwohl er und Wolf ja nur so etwas wie freundliche Nachbarn gewesen waren, schien ihm der Tod meines Liebsten auch sehr nahezugehen. Wir waren sehr innig in unserem Kummer; irgendwann legte ich meine Füße über seine Beine, und er massierte sie sanft. Es war so selbstverständlich, wie er für mich da war, dass ich mich zum ersten Mal seit Wolfs schrecklichem Tod nicht wie eine zu straff gespannte Geigensaite fühlte.

»Deine Fußsohlen sind voller Hubbel«, lächelte Igor. »Wie gut, dass ich Experte bin. Ich werde sie dir alle weghubbeln.«

Nur Heydu nervte, irgendetwas schien er gegen Igor zu haben. Knurrend saß er vor ihm, mit gespitzten Ohren, so als wolle sich mein netter Nachbar an meinem Tafelsilber vergreifen. Als Igor einmal tröstend nach meiner Hand griff, schnappte er sogar kurz nach seinem Hosenbein!

»Wo kommt eigentlich dieser Köter her?« Auch Igor schien etwas genervt. »Du magst doch gar keine Hunde, wenn ich mich recht erinnere.«

Ich seufzte, ein strenger Blick in Richtung Heydu machte offensichtlich gar keinen Eindruck, eine feuchte Hundeschnauze näherte sich gerade gefährlich Igors rechtem Schuh. Mit einem energischen: »Ich mag eigentlich auch keine Hunde, der hier ist mir zugelaufen«, zog ich Heydu zu mir her, hielt ihn fest und sah ihm streng in beide Hundeaugen: »Jetzt benimm dich gefälligst mal, du Racker. Sonst ...«

»... sonst wirst du eingeschläfert«, scherzte Igor, aber der Scherz blieb ihm im Halse stecken, denn mit einem lauten

Knurren stürzte sich Heydu auf ihn, und eine Sekunde später wälzten sich beide auf dem Boden.

Ich war so erschrocken, dass ich erst einmal gar nicht reagieren konnte. Igor schrie empört alle möglichen russischen und deutschen Flüche in meine friedliche Küche, sein diesbezügliches Repertoire schien sehr umfangreich zu sein, während der Hund jaulte, bellte, knurrte und fiepte, der Lärm war ohrenbetäubend. Als dann auch noch unsere Teebecher vom Tisch flogen und auf dem Fußboden zerbarsten, erwachte ich aus meiner Erstarrung.

»Sofort auseinander, ihr beiden, schäm dich, Heydu, pfui! Aus!« Ich griff beherzt in das tobende Knäuel, erwischte ein menschliches Ohr und eine Hundepfote und zog diese zwei Fundstücke in verschiedene Richtungen. Außer Atem und zitternd vor Wut saßen die beiden Kontrahenten auf dem Küchenfußboden, vier Augen funkelten mich zornig an. Mühsam unterdrückte ich einen Lachanfall, denn bei aller Dramatik gaben die zwei einfach ein urkomisches Bild ab. Ich riss mich zusammen.

»Heydu, dein Benehmen stinkt wirklich zum Himmel! Was ist denn nur in dich gefahren? Igor ist mein Freund, und zwar schon viel länger als du! Er ist hier immer willkommen!«

Meine Worte schienen wenigstens Igor zu beruhigen, der Hund hatte immer noch die Lefzen hochgezogen, seine Zähne waren drohend entblößt, aber er knurrte nicht mehr.

»Hund«, sagte ich jetzt ganz ruhig, »ich kann dich nur behalten, wenn du nie wieder jemanden beißt, verstehst du?«

Das Tier ließ die Ohren hängen, klemmte den Schwanz zwischen seine Hinterbeine und kroch unter meinen Stuhl. Wieder einmal hatte ich das eigenartige Gefühl, dass er jedes einzelne Wort verstanden hatte.

»Du denkst doch nicht wirklich daran, dieses blutgierige Monster zu behalten? Steffi! Der ist doch gemeingefährlich!«, meldete sich da Igor zu Wort. »Komm, sei vernünftig. Ich ruf das Tierheim an, da ist er besser aufgehoben.«

Natürlich hatte er recht. Einerseits. Andererseits fühlte ich mich mit dieser merkwürdigen Kreatur auf eigenartige Weise verbunden.

»Bitte, Igor, hab ein bisschen Geduld mit ihm. Er lernt schon noch, sich zu benehmen. Das klingt jetzt vielleicht komisch, aber irgendwie brauche ich ihn. Ich hab heute Nacht das erste Mal durchgeschlafen seit ...«

»Ist schon gut, Steffi.« Igor hatte gemerkt, dass mir schon wieder die Tränen hochkamen. »Wenn er dich tröstet, dann behalt ihn eben erst mal. Aber denk dran, jetzt bin ich wieder da, du bist nicht mehr allein!« Damit stand er auf und ging zur Tür. »Ich muss jetzt erst mal auspacken. Wenn du willst, back ich dir heute meine extrem russischen Superblini.«

Die Haustür fiel ins Schloss, ich hörte seine schnellen Schritte auf der Treppe und war so froh, dass er wieder da war, in Reichweite, ruhig und klug, jederzeit ein tröstendes Wort und eine dampfende Tasse Kräutertee für mich parat. Von seinen herrlichen Fußmassagen ganz zu schweigen.

Ich holte erst einmal Handfeger und Kehrblech und fegte die Scherben zusammen. Der Hund lag immer noch unter meinem Stuhl und ließ mich nicht aus den Augen. Jetzt bewegte er ganz langsam und zögerlich seinen Schwanz hin und her und winselte leise.

»Ja, ist gut, ich verzeihe dir! Du hast Glück, dass ich so ein weiches Herz habe.«

Weiter kam ich nicht, denn Heydu kam aus seinem Unterschlupf herausgeschossen, sprang an mir hoch und leckte mir einmal quer über die Nase. Rau und sehr zart zugleich.

»Na gut, genug geschimpft, wir beide gehen jetzt erst mal einkaufen!«

14

Weihnachten stand vor der Tür, und ich hatte beschlossen, es nicht einfach ausfallen zu lassen. Ich hatte mich aufgerafft, meine Mutter angerufen und ihr alles erzählt. Sie hörte mir ruhig zu, wir weinten zusammen, sie lud mich ein, die Feiertage zu Hause zu verbringen, aber das wollte ich nicht. Ich wollte Weihnachten unbedingt mit Menschen zusammen sein, die Wolf gekannt und geliebt hatten. Deshalb hatte ich Emmi und Igor eingeladen, die Feiertage mit mir und meinem Hund zu verbringen, und die beiden hatten zugesagt, Emmi würde sogar ihre Neuanschaffung, Hundedame Fiffina, mitbringen, denn wir stellten uns vor, dass Heydu in ihrer Gegenwart vielleicht seine besten Manieren zeigen würde.

Die Tage waren immer noch geprägt von meiner tiefen Trauer, die mich nie ganz verließ, aber sie war jetzt nicht mehr das einzige Gefühl, zu dem ich fähig war und das alle anderen Empfindungen rigoros verdrängte. Mein Schmerz um Wolf war zu einer ständigen Hintergrundmusik geworden, nie verstummend, aber da waren jetzt auch heitere Töne, es gab sogar wieder Raum für Alltäglichkeiten. Ich veranstaltete einen dringend notwendigen Großputz, dann dekorierte ich alle Zimmer weihnachtlich, denn mein schwer vernachlässigter Schneemann, der mich aus seiner Ecke heraus vorwurfsvoll anblickte, sollte auch zu seinem Recht kommen.

Und dann wachte ich auf, und es war Heiligabend. Ich hatte große Angst vor meinem Lieblingsfest, denn ich fürchtete, dass meine fragile Gemütslage unter dem Ansturm meiner Erinnerungen kollabieren würde, aber ich war ja nicht allein.

Igor hatte in letzter Sekunde einen sehr rachitischen Tannenbaum besorgt und auch das Schmücken übernommen. Das Resultat war überraschend und, na ja, kreativ: Er hatte seine Akupunkturnadeln zweckentfremdet und Sterne daraus gebastelt. Dazwischen hingen ein paar kleine russische Matroschkas, ein Väterchen Frost und einige Ikonenbildchen. Um sich Heydu gewogen zu machen, hatte er sogar einige Frolics in die Zweige gehängt. Dem Schneemann, der sehr konservativ war, würde ich eine extradunkle Sonnenbrille aufsetzen müssen, aber vielleicht nahm er diesen Bruch mit unseren geheiligten Familientraditionen ja mir zuliebe mit Humor.

Auch das Musikprogramm wich in diesem Jahr vom Standard ab: Wolf war Opernfan gewesen, eine Leidenschaft, die wir nicht geteilt hatten, aber ihm zur Ehre hatten wir »Carmen« aufgelegt, was irgendwie überraschend gut zu Weihnachten passte. Wahrscheinlich, weil Weihnachten das emotionalste aller Feste ist und die Musik von Carmen auch nur aus Herz und Leidenschaft zu bestehen scheint. Oder weil »Carmen« mich so an Wolf erinnerte und ich Wolf unbedingt bei mir unter dem Tannenbaum haben wollte.

Dann hatten Emmi und Fiffina ihren Auftritt. Emmi war für unser Catering zuständig. Sie erschien mit einem riesigen Stapel Pappkartons in den Armen, um ihre Beine eine lange Hundeleine gewickelt, an deren Ende die winzige Chihuahuahündin hysterisch kläffend zerrte.

Heydu sprang freudig an Emmi hoch, was den Turm gefährlich ins Schwanken brachte. Mir fielen ein paar heitere

Vergleiche mit den Worten »schief« und »Pisa« ein, die ich aber angesichts Emmis gepeinigten Gesichtsausdrucks für mich behielt und ihr stattdessen lieber ihre Last abnahm, während Igor geistesgegenwärtig nach seiner Digitalkamera griff, um diesen Augenblick zu verewigen. Hätte ich Emmi besser gekannt, hätte ich gewusst, dass sie alles andere als eine Heldin der Kochtöpfe ist, ihr Herd steht noch original verpackt in ihrer Küche. Aber das beichtete sie uns erst nach dem dritten Glühwein dieses Abends, und so gab es an diesem denkwürdigen Weihnachtsfest eben Pizza. Jede Menge Pizza, Emmi hatte die ganze Speisekarte ihres Lieblingsitalieners rauf und runter bestellt, damit wir eine Auswahl hätten, denn, so sagte sie, schließlich sei ja Weihnachten, da wollten wir es uns gut gehen lassen.

Und es wurde ein wirklich schönes Fest. Fiffina umkreiste Heydu immer wieder unter Aufbietung all ihres etwas schrillen Charmes, zwischendurch schnappte sie nach den Frolics im Tannenbaum. Leider erwischte sie einen von Igors Sternen, was sehr schmerzhaft gewesen sein musste, denn sie jaulte laut auf und fiepte die folgenden Minuten ununterbrochen, bis Emmi sie mit einem Stück Salamipizza zur Ruhe brachte. Heydu war zwar nicht direkt unfreundlich zu ihr, nur leider ziemlich desinteressiert an ihren Avancen. Fiffina tat mir ein bisschen leid, der klassische Fall von »Wenn Frauen zu sehr lieben«, ich würde mal unter vier Augen mit ihr reden und ihr ein paar Tipps geben müssen.

Meine zweibeinigen Gäste schienen sich dagegen prächtig zu verstehen. Nach der Bescherung erzählte Emmi uns von Wolf. Geschichten aus ihrer gemeinsamen Kindheit, vom Gärtner Amandus, der im Krieg einen Arm eingebüßt hatte und der Wolf und Emmi gern damit erschreckte, dass er seine Prothese abnahm und die Kinder seinen Gabelstumpf anfassen ließ. Oder von der Nachbarstochter Monika, die in Wolf verliebt gewesen war und immer »Auf, du junger Wandersmann« vor seinem Kinderzimmerfenster gesungen hatte; es war das einzige Lied, das sie auswendig konnte. Von seiner Fünf minus im Diktat, die er aus Angst vor seiner strengen Mutter zu vertuschen versuchte, indem er das Deutschheft im Garten vergrub.

Ich war traurig, sehr traurig, als ich all diese Geschichten hörte, aber gleichzeitig konnte ich nicht genug davon bekommen. Es tat weh und unendlich gut zugleich, ihn auf diese Weise wieder lebendig zu machen, ich fühlte mich ihm so nah, dass ich glaubte, ihn förmlich riechen zu können.

»Komm her, Heydu«, ich klopfte auf das Sofakissen neben mir, mein Wunsch nach fremder Körperwärme war übermächtig, »komm her, du kleine Nervensäge.« Mit einem Riesensatz sprang er mir auf den Schoß und ließ sich von mir ausgiebig bekuscheln. Sofort ging es mir besser.

»Soll ich auch ein bisschen von ihm erzählen?« Igor sah mich vorsichtig an. »Von Wolf als Nachbar? Von Wolf als ... na ja ... also als Frauenjäger?«

Ich überlegte, Heydu auf meinem Schoß knurrte ganz leise, oder schnurrte er? Wollte ich wirklich von ihnen hören, von den wilden Zeiten meiner großen Liebe?

»Okay«, nickte ich zögernd.

»Er war kein Kostverächter, nein, das war er wirklich nicht«, erzählte Igor schmunzelnd, und bei seinen Worten hätte ich auch gern ein bisschen geknurrt, aber ich war ja leider kein Hund. »Es gab da eine gewisse Dorothea, von der er mir erzählt hat, und es hat zwei Monate gedauert, bis ich begriffen hatte, dass es sich dabei um Zwillinge handelte, um Doro und

Thea, zwei Krankenschwestern, mit denen er sich im Wechsel vergnügte, bis die Sache aufflog und es eine gewaltige Szene im Treppenhaus gab, weil Wolf die Dienstpläne der beiden durcheinandergebracht hatte und sie sich vor seiner Haustür trafen!«

Igor und Emmi wollten sich ausschütten vor Lachen. Heydu knurrte jetzt sehr vernehmlich. Der Hund konnte wohl meine Gedanken lesen, denn ich fühlte mich auf einmal gar nicht mehr gut. Es tat einfach noch zu weh. Er war einfach noch zu nah.

Um das Thema zu wechseln oder jedenfalls zu variieren, steuerte ich ein paar Fliegergeschichten bei. Wolf war ein großartiger Kapitän gewesen, und ich wollte ihn mir lieber in seiner schmucken Uniform vorstellen als in den lüsternen Fängen nackter, vermutlich superkurviger Zwillingsschwestern.

»Apropos Fliegen: Steffi, wann willst du denn eigentlich wieder abheben? Würde es dir nicht vielleicht guttun, mal wieder etwas Höhenluft zu schnuppern?«, fragte mich Emmi aufmunternd.

Und tatsächlich fand ich diese Vorstellung auf einmal ziemlich verlockend. Gleichzeitig auch etwas beängstigend, denn natürlich kannten inzwischen alle meine Kollegen unsere Tragödie, es würde viele mitleidige Blicke und unbeholfen gestotterte Trostworte geben. Aber Wolf war mit Leib und Seele Flieger gewesen, genau wie ich, es wäre eine Erleichterung, das diesige Winterhamburg für ein paar Tage zu verlassen und mal wieder ganz woanders zu sein. Es wäre auch in Wolfs Sinne, dessen war ich mir völlig sicher. Heydu leckte mir bestätigend die Hände, das riss mich aus meinen Gedanken.

»Ich würde gern wieder arbeiten, aber was soll ich denn mit diesem Ungeheuer hier machen?«, fragte ich in die Runde. »Du hattest dich als Dogsitterin angeboten, Emmi, aber jetzt mit Fiffina, ich weiß nicht, so wahnsinnig gut scheint das ja nicht zu harmonieren mit den beiden, außerdem ist deine Wohnung für zwei Hunde definitiv zu klein, oder?«

Da schaltete sich unerwartet Igor ein: »Als dein Therapeut rate ich dir, wieder zu arbeiten, deshalb werde ich dieses zottelige Untier für dich hüten. Wir werden uns schon nicht totbeißen, was, Heydu?«

Mein neuer Mitbewohner sah Igor prüfend an und knurrte verhalten. Es klang nicht gerade einladend.

Ich streichelte seinen weichen Kopf. »Ich danke dir, Heydu«, flüsterte ich in sein Fell und bildete mir einen kurzen Moment ein, dass es nach Wolf roch. Nach Männerwärme und Cool Water und frisch gebügelten Hemden. Was natürlich falsch, dafür aber sehr tröstlich war.

Nach den Feiertagen rief ich also bei unserer Einsatzplanung an, um mich zum Dienst zurückzumelden. Uschi Sonnenberg war am Telefon und begrüßte mich so erfreut, dass ich mich gleich viel besser fühlte.

»Steffi, wie schön! Welcome back! Wir haben dich alle so vermisst. Du darfst dir auch aussuchen, wohin du zuerst fliegen möchtest, das kriege ich schon hin. Also, Liebchen, was darf's denn sein: ›Hongkong-Rio-Tokio‹«, trällerte sie in den Hörer. Ich war so dankbar, Teil dieses Fliegervölkchens zu sein, zu wissen, dass ich irgendwo hingehörte. Dass ich nicht nur ein untröstliches Häuflein Frau war, als das ich mich seit Wolfs Tod meistens fühlte.

»Das ist total lieb von dir, Uschi, dann also bitte nach Japan. Osaka vielleicht. Da bin ich nicht zu lange weg, nach all dem Marzipan hätte ich mal wieder Lust auf Sushi, und vor allem gibt's da vielleicht nicht so viele Erinnerungen an ...«

»Okay, Süße, also Osaka!«, unterbrach sie mich hastig, denn im Hintergrund klingelten alle Leitungen gleichzeitig. »Übermorgen geht's los, Abflug 12.10 Uhr, Briefing 10.30 Uhr local time, zurück dann am ersten Januar. Upps, dann bist du Silvester im Flieger – macht das was? Soll ich vielleicht ...«

»Nein, das ist vollkommen in Ordnung, ich übernehme die Tour. Danke, Uschi, bis dann!« Ich legte auf. Dieses Telefonat hatte mich mehr geschlaucht, als ich erwartet hatte.

Heydu saß vor mir auf dem Boden, den ganzen Hundekörper angespannt, sogar die Ohren.

»Du hast es gehört, übermorgen fliege ich nach Japan. Bitte vertrag dich mit Igor, bitte, sonst muss ich dich leider ins Tierheim bringen!«

Heydu gab einen merkwürdigen Laut von sich, es klang wie ein Seufzen. Ich hatte mich inzwischen an seine komischen, fast menschlichen Töne gewohnt. Er schmiegte seinen Kopf in meine Hände und wedelte mit dem Schwanz.

»Du bist so ein Kuschelbär, unglaublich«, sagte ich und küsste ihn auf den Kopf.

Kofferpacken, Wettercheck Osaka im Internet, um zu wissen, was ich packen musste, Uniformblusen bügeln, all diese lang vertrauten Tätigkeiten fielen mir so merkwürdig schwer wie bei meinem allerersten Flug nach Köln. Es waren ja auch alles erste Male, dachte ich, erste Male nach Wolfs Tod, mit dem für mich eine neue Zeitrechnung begonnen hatte, mein Leben war jetzt in ein »vorher« und »nachher« zerfallen.

»Wenigstens gibt es wieder ein ›nachher‹!«, rief ich Heydu zu, als ich meine Uniformschuhe gründlich putzte. Früher hatte am Crew-Check-in ein gewisses Frl. Blitzke Dienst getan, das alle Flugbegleiterinnen auf ihre ordentliche Frisur, ihr Make-up und, ganz wichtig, auf »blitzkeblank« geputzte Schuhe hin prüfte. »Der Gast sitzt und hat seine Augen viel tiefer, als Sie denken«, pflegte sie zu dozieren. »Schmutzige Schuhe gleich schmuddeliger Charakter; so einen ersten Eindruck wollen wir doch wohl nicht erwecken, nicht wahr?«

Frl. Blitzke genoss inzwischen schon lange ihren wohlverdienten Ruhestand, ihre Position war auch nicht neu besetzt worden, aber ihre mahnenden Worte hatten sich in das kollektive Firmengedächtnis eingebrannt, nie würde es einem von uns einfallen, mit ungeputzten Schuhen zum Dienst zu erscheinen.

Am Morgen des Fluges klingelte ich mit Heydu im Schlepptau bei Igor. Es dauerte eine Weile, dann hörten wir hastige Schritte, die Tür wurde aufgerissen.

»Hallo, ihr beiden, sorry, mein Wartezimmer ist voller Patienten. Komm her, du Biest, lass die Mami zur Arbeit gehen!«

Mit diesen Worten griff Igor energisch nach der Leine, Heydu warf mir einen Blick zu, der ziemlich verzweifelt aussah, dann wurde er in die Wohnung gezerrt, die Haustür fiel hinter ihm ins Schloss.

Etwas besorgt stiefelte ich auf die Straße und stieg in mein Taxi. Bei meinem eigenen Auto war der TÜV überfällig, und natürlich hatte ich mich in den vergangenen Wochen um solche Banalitäten nicht gekümmert.

»Na, Liebeskummer, junge Frau, Sie sehen so trübe aus an diesem trüben Morgen?«, begrüßte mich der Fahrer.

Ich lächelte und sagte: »Mein Hund ist zum ersten Mal allein.«

Ist er wirklich mein Hund?, dachte ich, als der Fahrer Gas gab. Vielleicht würde bei meiner Rückkehr ein wütender Besitzer vor meiner Tür stehen und mich wegen »Hundeentführung« anzeigen. Ein Gedanke, der mir sofort einen kleinen Angststich versetzte. Manno, dachte ich, du hast dich ja schon richtig an dieses kleine Monster gewöhnt.

Das Briefing war viel weniger schlimm, als ich befürchtet hatte. Die Kollegen schienen sich abgesprochen zu haben, denn der Purser übernahm die Kondolenzbekundungen für alle, als er sagte: »Wir trauern alle tief um unseren Kollegen und Freund Wolf Clausen. Steffi darf sich heute ihre Arbeitsposition aussuchen, und jetzt haben wir zweihundertfünfundachtzig japanische Gäste glücklich zu machen. An die Arbeit, ihr Lieben!«

Der Flug war zum Glück sehr anstrengend, es blieb kaum Zeit für Pausen und damit auch keine Gelegenheit für persönliche Gespräche. Beim Bordverkauf hatten wir einen netten, aber sehr unentschlossenen amerikanischen Kunden.

Er winkte mich heran, als ich, meinen »Bordverkauf! Duty-Free-Sale! Möchten Sie zollfrei einkaufen?«-Monolog murmelnd, den schweren Wagen durch den engen Gang schob.

»Mr. Danes, what can I do for you?« Ich hatte mir seinen Namen gemerkt, denn er war unter all den japanischen Gesichtern eine auffällige Erscheinung mit seinem roten Haar und dem Gesicht voller Sommersprossen.

»Please call me Luke. I need something to give to my future mother-in law!«

Wow, das versprach eine gute Story zu werden. Ich war ganz Ohr, denn genau deshalb liebe ich meinen Job so sehr, wegen solcher Geschichten. Mr. Luke Danes also hatte beim Studium in Denver, Colorado seine Traumfrau aus Japan getroffen, ihr drei Jahre lang hartnäckig den Hof gemacht und war schließlich von ihr erhört worden, kurz bevor sie nach Osaka zurückmusste, weil ihr Studentenvisum ablief. Sie hatte ihm zur Auflage gemacht, dass er in Osaka bei ihren Eltern um ihre Hand anhalten musste, und nun suchte der arme Mann also nach dem passenden Gastgeschenk für seine zukünftige Schwiegermutter.

Ich lief in die Galley, wo ein paar meiner Kollegen, schon die Essenstabletts auf den Knien balancierend, ihr Mittagessen zu sich nahmen.

»Mikita, ich brauche deine Hilfe, ich hab da einen schwierigen Fall, da ist dein fernöstliches Fingerspitzengefühl gefragt!« Mikita ist eine japanische Kollegin, die wegen ihrer »kulturellen Kompetenz« ausschließlich auf den Japanstrecken fliegt.

Etwas widerwillig stellte sie jetzt ihr Tablett zur Seite, der Gast geht schließlich vor, auch vor einem knurrenden Magen. Zum Glück nahm sie dann ihre Aufgabe aber sehr ernst, denn schließlich sollten hier kulturelle Gräben überbrückt werden, und da ist europäische Hast nicht angebracht, gab sie mir zu verstehen. Ich durfte inzwischen fünfundneunzig Schnappschüsse der glücklichen Nipponbraut bewundern.

So ging dieser erste Flug nach Wolf ohne schlimme Turbulenzen vorüber.

Auch im Layover hatte ich zum Trübsalblasen keine Gelegenheit. Meine Kollegin Gabi hatte zu Weihnachten das Buch »Die Geisha« bekommen, mit Begeisterung gelesen und die ganze Crew zu einem Ausflug nach Kyoto, Japans alter Kaiserstadt und Schauplatz des Romans, überredet. Schon die Bahnfahrt dorthin ist ein Abenteuer, denn es gibt nirgendwo ein Hinweisschild mit lateinischen Buchstaben, und auch die mündlichen Fremdsprachenkenntnisse der Japaner sind nicht wirklich erwähnenswert. Noch schlimmer ist die Tatsache, dass Japaner es extrem unhöflich finden, »nein« zu sagen. Wenn man also ratlos mit einem unverständlichen Stadtplan in der Hand einen Japaner um eine Auskunft bittet, wird dieser nie zugeben, einen nicht verstanden zu haben oder den Weg selber nicht zu wissen. Er wird lächelnd und nickend in eine beliebige Richtung zeigen und einen lieber in die Irre schicken, als »sein Gesicht zu verlieren«.

Zu unserem Glück aber hatte Gabi sich von Mikito gründlich instruieren lassen, ehe diese zu ihrer Familie entschwunden war. Wir mieteten uns Fahrräder und boten bestimmt ein komisches Bild, eine Gruppe weißer Langnasen, die auf der Suche nach japanischen Kulturgütern durch das winterliche Kyoto radelten. Abends kehrten wir in ein winziges Sushilokal ein, danach ging es in eine Karaokekneipe, denn aufgrund der Zeitverschiebung – in Deutschland war erst früher Nachmittag – war an Schlafengehen noch nicht zu denken. Aber nach einer mehrstündigen, Raki-geschwängerten Verbrüderung mit einigen japanischen Büroangestellten, die dort ihren Feierabend begossen, sah die Sache schon anders aus, und als ich schließlich in meinem bonsaimäßigen Hotelzimmer im Bett lag, war ich froh, dass mein Leben wieder eine gewisse Normalität zu bekommen schien.

Wie es Heydu wohl erging? Der Hund musste jetzt endlich einen Namen bekommen. Mein letzter Gedanke, bevor ich einschlief, ging zu ihm. Mein vorletzter ging Richtung Himmel, wo Wolf auf einer Wolke saß und mir zuwinkte.

Allein, ohne Stewardessenengel. Die erlaubte ich ihm noch nicht.

15

Komisch, wie schnell man sich an einen Hund gewöhnen kann. Genauso schnell wie vor tausend Jahren an ...

Gedanken nicht vertiefen, aufs Hier und Jetzt konzentrieren, befahl ich mir, als ich nach dem Flug aus dem Taxi stieg und bei Igor klingelte.

Ob alles gut gegangen war? Da hörte ich Heydus lautes, erwartungsvolles Bellen und spürte, wie meine Mundwinkel in ein erleichtertes Lächeln nach oben rutschten.

»Steffi, komm rein! Was ist los, hast du eine Kröte verschl...?«

Igor trat hastig einen Schritt zur Seite, denn wie ein Blitz war Heydu an ihm vorbeigeschossen und sprang jetzt japsend und schwanzwedelnd so stürmisch an mir hoch, dass er mich fast umgerissen hätte. So überwältigend war seine Freude, dass mir die Tränen in die Augen schossen und ich nur ein hilfloses »Mensch, das ist ja mal eine Begrüßung!« stammeln konnte.

Igor stand in der Tür und beobachtete uns, und wäre es nicht einfach zu abwegig gewesen, so hätte ich schwören können, dass er eifersüchtig aussah. Auf einen Hund?

»Na, noch alles heil, Körper, Nerven, Mobiliar?«, fragte ich, als ich mich endlich von Heydu befreien und Igors Wohnung betreten konnte. Wie immer war diese geradezu mustergültig aufgeräumt. Mir als gemäßigter Schlampe war es schleierhaft, wie ein gesunder, heterosexueller Mann so blitzblank leben konnte. Kein Stäubchen, kein Fleck, nichts lag herum, auch in der Küche nicht, an deren großem Küchentisch ich jetzt Platz nahm.

Wortlos schob mir Igor eine riesige Tasse mit dampfendem Kräutertee vor die Nase. »Alles noch heil, wenn du dich überzeugen willst«, grinste Igor und zog, schwupps, sein T-Shirt hoch und bei Heydus lautem Knurren blitzschnell wieder herunter. Es reichte aber für einen Blick auf seinen sehr durchtrainierten Oberkörper.

»Sorry«, sagten wir beide gleichzeitig und konnten uns einen kurzen Moment lang nicht in die Augen sehen.

»Bis du kamst, war er völlig friedlich«, meinte Igor und warf gekonnt zwei Stücke gezuckerten Ingwer in meine Tasse, biologisch einwandfrei, wie alles bei ihm. »Weil er sich so gut benommen hat, hätte ich ihm sogar erlaubt, bei mir im Bett zu schlafen, du hattest mir ja erzählt, dass er das bei dir auch macht«, Heydu knurrte leise und schob sich an mein rechtes Bein, wobei er gleichzeitig Igors linkes wegschob, doch Igor fuhr ungerührt fort, »aber er wollte nicht.«

»Ist doch klar«, sagte ich, »er ist ja schließlich ein heterosexueller Hund, der schläft nicht bei Männern im Bett, was, Heydu?«

Lautes Bellen. Ein bisschen sah es so aus, als würde er dabei mit dem Kopf nicken.

»Ansonsten keine Beschwerden, bis auf die kleine, unbedeutende Tatsache, dass er mir gestern meinen Milchkaffee ausgeschlabbert hat.

»Hoffentlich keine teure Tasse?!«, entschuldigte ich mich.

»Keine Sorge, es ist nichts kaputtgegangen. Er ist auf die Bank gesprungen, hat sich mit den Vorderpfoten auf den Tisch gestützt und hat dann meinen Kaffee ausgetrunken, danach die Tasse sauber geschleckt. Sehr komisch. Trinken Hunde Milchkaffee?«

Da wir beide eigentlich keine Hundeexperten waren, hielten wir das für ziemlich unwahrscheinlich, obwohl im Zeitalter von Bachblütentherapie für gestresste Vierbeiner und Mundspray gegen den tierischen Mundgeruch natürlich alles möglich war.

»Und, wie war Japan?«, fragte Igor und gab mir die Hundeleine zurück, sorgfältig zusammengerollt natürlich. »Hat es dir gut getan, wieder zu fliegen?«

Seine Frage war lieb gemeint, trotzdem wurden mir sofort wieder die Augen feucht. Heydu knurrte, als fände er Igors Bemerkung ungehörig – dieser Hund war schlimmer als jeder Bodyguard.

»Danke, ja, es war richtig, wieder zu fliegen, trotzdem ist es hart, weil mich dort alles an Wolf erinnert«, schniefte ich und verfluchte meine Angewohnheit, in wichtigen Momenten meines Lebens nie ein Tempotaschentuch parat zu haben. Also wischte ich meine Nase kurzerhand an meinem Uniformärmel ab. Das hatte ich bei meinem allerersten Flug getan und war dafür derartig von meiner Ausbilderin zusammengefaltet worden, dass ich es seither nur noch in absoluten Ausnahmefällen tat.

»Hier«, sagte Igor und hielt mir, etwas angeekelt, ein blütenweißes Stofftaschentuch hin, eigentlich viel zu schade zum Hineinschnaufen.

»Danke, geht schon«, murmelte ich, »wenn ich ausgeschlafen bin, lad ich dich zum Essen ein. Komm, Heydu, Frauchen muss ins Bett.«

Das Telefon riss mich aus dem Tiefschlaf. Dass Heydu neben mir lag und leise und sogar etwas melodisch vor sich hinschnarchte, fand ich inzwischen so normal wie seinerzeit bei Wolf. Komischerweise erinnerte mich auch Heydus Blinzeln vor dem Aufwachen, sein leicht blödes Gesicht direkt danach an meinen Liebsten im Himmel.

Beim blinden Greifen nach dem Telefon riss ich die Art-déco-Vase zu Boden, die Wolf mir ganz am Anfang aus Miami mitgebracht hatte.

»Scheiße!«, rief ich genau in der Sekunde, als ich den Hörer abnahm.

»Hier Clausen«, kam eine sehr kühle Stimme durch den Hörer, die mich sofort auf unangenehme Weise viel zu wach machte, »spreche ich mit einer gewissen Stephanie?«

Ich überlegte kurz. War ich eine gewisse Stephanie? Oder eine ungewisse? »Die bin ich«, sagte ich schließlich. »Wie geht es Ihnen, Frau Clausen?«

Dumme Frage, das wusste ich, aber jede andere Frage wäre genauso dumm gewesen.

»Den Umständen entsprechend, möchte ich sagen.«

Wären Stimmen flüssig, ihre wäre Trockeneis.

»Interessiert Sie der Grund meines Anrufes?«

Nein, wäre die ehrliche Antwort gewesen, ich liege gerade sehr gemütlich mit meinem Hund im Bett und möchte in Ruhe gelassen werden. »Was kann ich für Sie tun?«, fragte ich stattdessen.

Kleine, festgefrorene Pause. »Meine Tochter hält es für sinnvoll, dass ich Sie einmal zu einer Tasse Tee einlade.« Ihr Ton klang so gequält, als würde ihr gerade eine Zahnwurzel ohne Betäubung gezogen. »Wann passt es Ihnen?«

Heydu war jetzt aufgewacht und schien aufmerksam zu

lauschen. Seine Augen waren geweitet, die Pupillen pechschwarz. Trau dich ruhig, schien mir sein Blick zu sagen, ich bin ja bei dir.

»Ich komme gern«, sagte ich, »wenn ich auch meinen Hund mitbringen darf?« Stille. Ich hörte sie atmen, die Frau, die fast meine Schwiegermutter geworden wäre.

»Sie haben einen Hund? Davon hat mir meine Tochter gar nichts erzählt, vermutlich absichtlich. Ich bin nämlich keine Tierfreundin, nur einmal, bei meinem Sohn habe ich eine Ausnahme gemacht. Aber das ist lange her ...«

Wir schwiegen beide, Wolf war in der Leitung zwischen uns, jedes Wort wäre überflüssig gewesen.

»Ich vermisse ihn genauso wie Sie«, flüsterte ich endlich.

»Sie kannten ihn doch kaum«, sagte sie, »ich dagegen kannte ihn sein ganzes Leben lang. Das können Sie doch gar nicht miteinander vergleichen.«

Ich schwieg und streichelte Heydus Kopf, der inzwischen auf meinem Bauch lag, ein warmes, zutiefst tröstliches Gefühl.

»Haben Sie morgen Nachmittag Zeit?«, fragte sie, als ich nichts sagte. »Ihren Hund können Sie in Gottes Namen mitbringen. Oder ist er noch nicht stubenrein?«

Eine berechtigte Frage, aber sie kam mir genauso absurd vor, als hätte sie meine eigenen diesbezüglichen Verdauungsgewohnheiten in Frage gestellt. Ich hielt es für unter Heydus Würde, zu antworten. Stattdessen fragte ich: »Wann sollen wir kommen? Passt Ihnen sechzehn Uhr?«

16

Ich wusste, dass Wolf aus einer ziemlich reichen Familie kam, er hatte verschiedentlich Andeutungen gemacht, als er von seinem Golf- und Tennisclub erzählte und von dem Personal, mit dem er aufgewachsen war. Trotzdem war ich überwältigt, als ich mit Heydu an der Leine durch das hohe, schmiedeeiserne Tor einen parkähnlichen Garten mit haushohen, alten Bäumen betrat.

»Stopp, nicht hier!«, rief ich, als Heydu gleich am ersten Hortensienbusch sein Bein hob und eine lange, feuchte Duftmarke hinlegte. »Du bist hier nicht zu Hause. Benimm dich, sonst fliegen wir gleich wieder raus!«

Eine Befürchtung, die er nicht mit mir zu teilen schien, er zog und zerrte an seiner Leine, und als wir nach zwei Minuten Fußmarsch vor der schneeweiß schimmernden Jugendstilvilla standen, da hüpfte er richtig vor Aufregung. Ich wickelte mir die Leine ein paarmal ums Handgelenk, um sie zu verkürzen, dann lüpfte ich den Messingklöppel (so ein Haus war natürlich zu vornehm für eine profane Klingel) und schlug ihn gegen das Holz.

Ich gestehe, dass ich Herzklopfen hatte. Ich würde Wolfs Elternhaus betreten, seine Mutter kennenlernen – Dinge, vor denen mir vor seinem Tod etwas gegraut hatte. »Sie ist kühl, die Gute, eher eine Mutter als eine Mama«, so hatte er sie beschrieben, »sehr dominant und besitzergreifend. Du wirst dich also etwas anstrengen müssen, damit sie dich akzeptiert. Aber wenn sie es tut, dann für immer.«

Ich holte tief Luft, drückte meinen Rücken durch, schaute nach unten, wo mein treuer Hund gerade mit meinem rechten Bein so zu verschmelzen schien, als wollte er mir Mut zusprechen, hob die Hand, ließ den Klöppel noch einmal gegen die Tür knallen – da wurde sie geöffnet.

»Ich bin nicht schwerhörig!«, sagte eine kühle Stimme, die zu dieser schlanken, grauhaarigen Frau mit einem Rücken, der so gerade war, dass ich ein Lineal unter ihrem Kleid vermutete, gut zu passen schien.

»Guten Tag«, murmelte ich eingeschüchtert und trat mit meinem Hund in einen Hausflur, der mir so groß vorkam wie eine Abflughalle. Irgendwo in Wolkenhöhe hing ein Kronleuchter, der mich sicher zermalmt hätte, wenn er mir auf den Kopf gefallen wäre.

»Meine Haushälterin hat heute ihren freien Tag.« Frau Clausen streckte die rechte, ringgeschmückte Hand aus, ich reichte ihr meinen Mantel. »Wir sind deshalb unter uns, denn auch meine Tochter ist leider verhindert. Kommen Sie, den Tee pflegen wir im Salon zu nehmen.«

Wow, sind wir vornehm, dachte ich und zwang ein hoffentlich entspannt wirkendes Lächeln auf mein Gesicht.

Frau Clausen wies mir einen Sessel zu, der sehr antik, sehr teuer und sehr unbequem aussah.

Na gut, wir sind schließlich nicht zum Vergnügen hier, ich tu das nur für Wolf!, sagte ich Heydu mit den Augen. Er leckte mir kurz die Hand, was ich als Zustimmung auslegte.

Frau Clausen musterte uns stirnrunzelnd, enthielt sich aber zum Glück jeden Kommentars. »Nehmen Sie Milch und Zucker in Ihren Tee?«

Wo hatte sie bloß diese eisgekühlte Stimme geübt? Oder war einem so etwas in diesen Kreisen angeboren? Aber Wolfs Stimme war doch ... Nicht an Wolf denken, Steffi!, ermahnte ich mich.

Ich hätte viel lieber Kaffee gehabt, egal, in welcher Form, Tee duldete ich eigentlich nur von Igor, aber ich traute mich nicht, meinen Wunsch zu äußern. »Das ist mir egal«, sagte ich deshalb lahm.

Ihr scharfer, kritischer Blick fixierte mich, jetzt wusste ich, wie sich ein aufgespießter Käfer unter dem Mikroskop fühlen musste.

»Sie werden doch eine Ansicht zu Ihren Getränkevorlieben haben, sollte man meinen«, sagte sie endlich. »Mir ist es nämlich auch egal, was Sie trinken. Also, ich höre.«

Wir sahen uns an, Wolfs Frauen, die wir beide um ihn trauerten, jede auf ihre Art. Ich hätte lieber mit ihr zusammen Rotz und Wasser geheult, statt diese Teezeremonie zu ertragen.

»Ich ... ich ...«, stammelte ich und fühlte zu meinem Entsetzen, wie meine Augen feucht wurden. Natürlich hatte ich auch diesmal wieder kein Taschentuch dabei. Und in meinen Blusenärmel zu schnäuzen ging leider gar nicht. Die edlen Antiquitäten um mich herum hätten vor Ekel sicher geächzt.

»Pfui! Aus! Lass das doch!« Heydu hatte sich an Wolfs Mutter herangeschlichen, sich kerzengerade vor sie hingesetzt und stupste sie jetzt mit seiner feuchten Hundeschnauze ans Knie, immer und immer wieder. Ich versuchte, ihn vorsichtig wegzuziehen, aber er wich meiner Hand geschickt aus, er war wie besessen. Stupps, stupps, immer ans Knie, abwechselnd ans rechte und ans linke Knie. Die Situation war so absurd, dass sich ein sehr nervöses Kichern aus meiner Kehle befreite, das ich sofort mit einem energischen Räuspern zu verschleiern versuchte.

Frau Clausen schimpfte unterdessen weiter, dann ging das Schimpfen in ein kleines Glucksen über, das schließlich zu einem lauten Lachen wurde.

»Frau Clausen, entschuldigen Sie bitte vielmals, was soll ich ...« Ratlos stand ich vor den beiden. Wolfs Mutter japste inzwischen nach Luft, es klang nach einem hysterischen Anfall, und wir waren allein in diesem Haus. Ich riss mich zusammen und rief Heydu energisch zur Ordnung: »Platz, Heydu. Sofort kommst du her, du Monster, sonst kann Frauchen sehr, sehr böse werden.«

Heydu ließ ab von meiner Fast-Schwiegermutter, blieb aber vor ihr sitzen und schaute zu ihr hoch. Sie hatte sich gefasst und, oh Wunder, sie lächelte! Wie nett sie aussehen konnte, wenn ihr die Gesamtmimik nicht zu einer Gletscherspalte erstarrte! Unwillkürlich lächelte ich zurück. Sie sah jetzt fast etwas verlegen aus.

»Bitte entschuldigen Sie meinen Ausbruch, Frau Blume, ich bin dermaßen kitzelig am Knie, ich kann nichts dagegen tun!« Sie musterte meinen unmöglichen Hund, dann beugte sie sich vor und, ich hielt den Atem an, kraulte ihn tatsächlich hinter den Ohren! Und er ließ es sich gefallen! Wenn Hunde wie Katze wären, hätte er geschnurrt. Ein merkwürdiges Paar, die beiden. Aber die frostige Anfangsstimmung war definitiv verbessert.

»Ich bin eine schlechte Gastgeberin!«, rief Frau Clausen unvermittelt aus. »Trinken Sie jetzt einen Tee mit mir?«

»Lieber hätte ich einen Kaffee, wäre das auch möglich?«, traute ich mich nun doch zu sagen.

»Natürlich! Deswegen habe ich Sie ja gefragt, es ist alles da.

Ich hoffe, er ist Ihnen nicht zu stark, aber ich mag kein Abwaschwasser!« Frau Clausen überreichte mir eine geblümte Tasse aus so hauchzartem Porzellan, dass ich kaum zugreifen mochte, aus Angst, sie durch zu beherztes Zupacken zu zerbrechen. »Ein paar Kekse?«, fragte sie. »Meine Haushälterin ist aus Böhmen und backt ganz vorzüglich.«

Der Stimmungsumschwung von Frau Clausen machte mich ganz schwindelig. Wenn ich es nicht besser gewusst hätte, hätte ich fast geglaubt, dass sie sich über meinen, sorry, über unseren Besuch freute.

Die Kekse sahen jedenfalls sehr lecker aus, und ich verdrückte blitzschnell ein paar davon.

»Sagen Sie, Frau Blume ...«

»Oh, bitte, nennen Sie mich doch Steffi!«, unterbrach ich sie, die Gunst der Stunde nutzend.

»Wie Sie wünschen, Stephanie, Sie verzeihen, Steffi ist mir noch zu privat. Was ist denn das für ein sonderbarer Name, den Sie Ihrem armen Tier da zumuten?«

Sie hatte recht. Heydu verdiente einen richtigen Namen, doch ich tat mich seltsam schwer damit. Und das, obwohl ich sonst alles und jedes benannte, was zu meinem Leben gehörte, sämtliche Stofftiere, jeden einzelnen von Wolfs Fischen, mein Auto, ja selbst mein Kühlschrank hatte einen Namen (er heißt »Iwan der Schreckliche«, weil er mich immer so schrecklich in Versuchung führt).

»Wissen Sie, Heydu, also dieser Hund hier, er ist mir sozusagen zugelaufen nach ...«, ich riss mich zusammen, »... nach Wolfs Tod. Genauer gesagt, auf seiner Beerdigung. Er war auf dem Friedhof, und ein paar Tage später stand er dann einfach vor meiner Tür.« Ich zwang mich, der Frau in die Augen zu sehen, die meinen Wolf zur Welt gebracht hatte, wenn ich es auch schwierig fand, mir das vorzustellen, sie sah einfach so aus, als sei sie schon immer neunundsechzig Jahre alt gewesen. Sie saß kerzengerade und rückenfreundlich in ihrem teuren Sessel und erwiderte meinen Blick mit unbewegter Miene.

»Haben Sie eine Schwäche für streunendes Getier?« Ihre Stimme klang sanfter als ihre spitze Frage.

»Nein, eigentlich nicht«, erwiderte ich zögerlich, »aber Heydu ist ein ganz besonderer Hund; es tröstet mich, dass er da ist.« Du meine Güte, ich hatte mich auch schon eloquenter ausgedrückt. »Mir fällt kein Name ein, der zu ihm passt«, sagte ich endlich.

Frau Clausen schwieg und sah Heydu prüfend an.

»Er heißt Seelchen, Frau Bl..., Stephanie. Nicht wahr?« Sie schaute wieder auf meinen Hund, der ihren Blick ganz ruhig erwiderte und ganz langsam mit dem Schwanz wedelte. Okay, schien sein Blick zu sagen, einverstanden.

Ich war sehr verblüfft. Aber nur ganz kurz, denn auf einmal wurde mir von einer Sekunde zur anderen so speiübel, dass ich nur noch ein »Wo ist hier das Klo?« herauspressen konnte und auch schon losstürzte, der Richtung von Frau Clausens Zeigefinger folgend. Ich schaffte es mit Mühe und Not bis zur Toilette, riss den Deckel hoch und spuckte einen eindrucksvoll großen Schwall Kaffee und Kekse in die Kloschüssel.

Was war los mit mir? Hatte Wolfs Mutter ihrer ungeliebten Jetzt-nicht-mehr-Schwiegertochter vielleicht Gift in den Kaffee getan? Ich würgte noch ein bisschen, dann spülte ich mir den Mund gründlich aus und setzte mich zitternd auf den Rand der Badewanne. Das war natürlich Unsinn, dass man mir hier nach dem Leben trachtete. Mir war vor Aufregung eben ein bisschen schlecht geworden; nachher würde ich mir ein paar

Kräuter von Igor geben lassen, vielleicht würde er mir auch noch ein paar Akupunkturnadeln setzen, *no big deal.* Ich holte tief Luft und stand auf. Der Spiegel über dem Waschbecken zeigte mir eine verquollene Frau mit Augenringen, die auch schon bessere Zeiten gesehen hatte. Brad Pitt würde mich nicht mit Angelina Jolie verwechseln, so viel war sicher.

Gott sei Dank, es ging mir wieder besser.

Ich wollte nicht schon wieder krankgeschrieben werden. Mein nächster Flug sollte nach Mumbai (früher hatte es Bombay geheißen, was ich für so eine bombastische Stadt auch immer recht passend gefunden hatte, aber ich war bei der Umbenennung nicht gefragt worden) gehen, und ich freute mich auf Indien. Es ist immer so schön warm dort, und ich fror so viel in letzter Zeit. Außerdem liebe ich indisches Essen, denn ich esse kein Fleisch und muss das in Indien nie erklären; dort ist fast alles vegetarisch. An die scharfen Gewürze habe ich mich im Laufe der Zeit gewöhnt, inzwischen habe ich nicht mehr nach jeder Mahlzeit das Bedürfnis, die Feuerwehr zu rufen, weil ich mich fühle, als stünde meine Kehle in Flammen. Ich mag auch die Leute dort, viele Frauen tragen Landestracht, leuchtend bunte Saris. Indien ist einfach ein Fest fürs Auge. Außerdem wollte ich frische Mangos und Ingwer und einige besondere Gewürze und Heilkräuter für Igor kaufen, um mich für seine Fürsorge zu bedanken.

Gedankenverloren hockte ich noch immer auf dem Rand der Badewanne, und langsam ging mir auf, was für eine peinliche Szene ich da eben abgeliefert hatte. Ich ging zurück ins Wohnzimmer, sorry, in den Salon, in dem aber niemand mehr war.

»Frau Clausen? Heydu! Seelchen?! Wo seid ihr denn?«, rief ich in das stille Zimmer hinein und kam mir sehr blöde dabei vor.

Plötzlich hörte ich lautes Bellen und Frau Clausens nicht minder laute Stimme. Ich folgte dem Radau, er schien aus dem oberen Stockwerk zu kommen. Ich hastete die breite Treppe hinauf, rannte einen endlos langen Flur entlang, während der Geräuschpegel mit jedem meiner Schritte stieg. Mein Herz klopfte wie ein Presslufthammer.

»Lass los, Seelchen, das kriegst du nicht, das ge...« Frau Clausens Stimme klang sehr, sehr wütend.

Ich stürzte durch eine offene Tür in ein Schlafzimmer, wo sich mir ein bizarrer Anblick bot: Wolfs Mutter stand vor einem Bett und zerrte an einem undefinierbaren Gegenstand, den der Hund gepackt hatte und anscheinend nicht hergeben wollte, denn er ließ sich bei jedem Ruck von ihr hin und her schleudern und knurrte dabei bedrohlich. Da ließ Frau Clausen plötzlich los, fiel rückwärts aufs Bett, und Heydu sauste an uns vorbei, die Beute im Maul, die Treppe hinunter.

Ich wollte vor Scham im Fußboden versinken. Stattdessen ging ich zu Wolfs Mutter hinüber und half ihr auf. Sie taumelte etwas, während ich verzweifelt nach Worten suchte, die die Situation retten sollten, aber es fielen mir keine ein.

»Bitte entschuldigen Sie vielmals, Frau Clausen, ich ...«, stotterte ich, da unterbrach sie mich.

Ihr Blick schien durch mich hindurch in die Ferne gerichtet zu sein: »Das hier war Wolfs Kinderzimmer. Ich habe nie etwas daran verändert, all die Jahre nicht. Hier ist er aufgewachsen.«

Mein Blick ging unwillkürlich zum Fenster. Mir war Emmis Geschichte wieder eingefallen, und ich stellte mir vor, wie hier in weit zurückliegenden Tagen »Auf, du junger Wandersmann« erschollen war.

»Ihr Hund hat sich einfach Schlumi geschnappt – keine Ahnung, wie er ihn gefunden hat, er lag hinter dem alten Kopfkissen von Wolf.«

Sie klang so traurig, und ich konnte gar nichts mehr sagen. Ich fühlte mich auf einmal vollkommen erschöpft und überfordert. Warum war ich nicht einfach im Bett geblieben? Und wer war nun wieder Schlumi, zum Donnerwetter?

»Schlumi war Wolfs Lieblingskuscheltier, ein Teddybär, von dem er sich nicht trennen konnte. Als er klein war, hat er ihm das Ohr abgenuckelt …« Frau Clausen schaute aus dem Fenster in den dunklen Garten, sie schien jetzt ganz weit weg zu sein in einer glücklicheren Welt. »Später schlief Schlumi in seinem Bett, jede Nacht, und wenn er nicht aufzufinden war, mussten wir das ganze Haus durchsuchen, denn ohne ihn konnte Wolf nicht einschlafen. Als er auszog, wollte er ihn zuerst mitnehmen, aber dann hat er ihn mir dagelassen. Wir haben nie darüber gesprochen, aber ich glaube, er hat es getan, weil er …« Sie unterbrach ihren Satz, und ich konnte ihr ansehen, wie viel Kraft es sie kostete, die Fassung zu bewahren. Dann bat sie mich: »Stephanie, ich muss Sie bitten, ihn Ihrem Seelchen wieder abzunehmen, es ist mir doch sonst nichts geblieben von dem Jungen.«

Auf einmal tat sie mir so wahnsinnig leid, dass ich alle Bedenken, alle Vorsicht vergaß und sie einfach in den Arm nahm. Sie fühlte sich überraschend leicht und knochig an, wie ein Vögelchen, und einen kurzen Moment war sie ganz ruhig und warm. Endlich trauerten wir beide gemeinsam um den Menschen, der ein so großes Loch in unser beider Leben gerissen hatte, der so unersetzlich und so unwiederbringlich für uns beide verloren war.

Auf einmal sagte sie: »Ich möchte jetzt allein sein, Stephanie«, wandte sich ab und verließ das Zimmer.

Mir ging es genauso. Ich folgte ihr zur Haustür, pfiff meinem unerzogenen Köter und verabschiedete mich, während wir beide strafende Blicke auf Seelchen warfen, der Schlumi fest im Maul hielt und nicht wieder hergab.

»Ich weiß nicht, was in ihn gefahren ist«, entschuldigte ich mich noch einmal, »spätestens, wenn er heute Abend frisst oder schläft, rette ich den armen Schlumi und bringe ihn zurück.«

Sie nickte. Ich beugte mich vor und küsste sie ungefragt auf beide Wangen. Sie waren erstaunlich weich und warm und ohne dass ich mich dagegen wehren konnte oder wollte, öffnete sich mein trauriges, strapaziertes Herz einen kleinen Spalt und ließ sie herein.

17

Wir lagen zusammen auf dem Bett, auf Wolfs Seite, und während sich sein Duft mit dem von Heydu, seit heute Seelchen, mischte, trank ich einen dicken, fetten Milchkaffee mit Baileys und ließ meinen Bettgefährten die Milchreste ausschlabbern. Schlumi, ein, wie ich jetzt erkennen konnte, fast bis zur Unkenntlichkeit abgeliebtes Schmusetier, hatte ich eigentlich in meiner Handtasche verstecken wollen. Aber Seelchen hatte so jämmerlich gejault, dass er (sie/es?) jetzt zwischen uns lag und mit uns Fernsehen guckte.

»Ich liebe dich, Seelchen«, sagte ich und merkte erstaunt, dass ich es wirklich so meinte. »Liebst du mich auch, du dummes Tier, oder bist du nur bei mir, weil ich so ein gutmütiges Schaf bin?«

Seelchen drehte seinen Kopf zu mir und sah mich nur an.

Gerade wollte ich ihn in den Arm nehmen, da wurde mir schon wieder ohne jede Vorwarnung total übel. Ich sprang auf, stürzte ins Bad, wo ich mich zum zweiten Mal innerhalb eines Tages heftig übergeben musste.

Was war nur los mit mir, verdammt! Ich fühlte mich eigentlich gar nicht krank, Appetit hatte ich auch – wieso musste ich schon wieder spucken?

Ich musste wirklich Igor fragen, aber nicht mehr heute. Dieser Tag war anstrengend genug gewesen, ich wollte niemanden mehr hören oder sehen, auch nicht Igor. Nur mein ...

Seelchen. Wie anders das klang als das lieblose Heydu, wie richtig! Ja, mein Seelchen störte mich nicht, im Gegenteil, er tat mir gut.

In dieser Nacht schliefen wir bestimmt elf Stunden. Mir steckte der Japanflug noch in den Knochen, dann der ganze emotionale Stress gestern mit Frau Clausen und dazu noch die Übelkeit und das Spucken. Als die Sonne schon hell durch das Fenster im Schlafzimmer schien, hatte ich zum Aufstehen überhaupt keine Lust, aber da wurde mir schon wieder schlecht. Ich rannte zur Toilette, Wellen der Übelkeit schwappten durch meinen Körper, ekelhaft, aber dann ebbten sie langsam ab. Ich setzte mich auf den Klodeckel, um mich kurz zu erholen. Ich musste unbedingt Igor anrufen, er würde mir helfen. Da fiel mein Blick auf eine Packung Tampons, die auf der Fensterbank lag. Irgendetwas schien sie mir sagen zu wollen, ein Gedanke drängte an die Oberfläche meines Bewusstseins ... Oh, nein!

Fieberhaft fing ich an zu rechnen; dazu musste ich allerdings erst einmal wissen, wann ich zum letzten Mal meine Regel gehabt hatte. Die letzten Wochen verschwammen in meiner Erinnerung zu einer diffusen grauen Masse, an Einzelheiten erinnerte ich mich kaum. Lieber Gott, bitte gönn mir doch mal 'ne Pause, dachte ich, ich habe doch schon so viele Probleme, mehr schaffe ich einfach nicht! Schwanger! Allein dieses ominöse Wort löste im Moment einfach nur Angst in mir aus, eine gigantische Panikwelle, die mich zu verschlingen drohte.

Tief durchatmen, Steffi, ganz tief, redete ich mir selbst gut zu, noch ist ja gar nichts entschieden. Ein bisschen frische Luft, dann geht's bestimmt wieder besser. Ich pfiff Seelchen, der begeistert angerannt kam, der Arme, er musste bestimmt dringend raus.

»Komm, mein Süßer, wir holen jetzt Brötchen, und dann gehen wir zu Igor frühstücken. Auf geht's!«

Bei der Erwähnung von Igors Namen ging Seelchens Schwanz ein bisschen nach unten, aber das bildete ich mir sicher ein, schließlich wusste ich wenig über die Schwanzsprache von Vierbeinern.

Igor war zum Glück zu Hause. Beim Anblick meiner Brötchentüte setzte er auch sofort Teewasser auf und deckte den Tisch in seiner gemütlichen Küche. Ich liebe es, wenn Männer im Haushalt zwei rechte Hände haben. Sofort fühlte ich mich etwas besser. Igors Küche strahlte ein Zuhausegefühl aus, stellte ich wieder einmal fest, das ist für uns Flieger ganz wichtig. Manchmal denke ich, ich mache den Job unter anderem auch deswegen, um möglichst oft nach Hause kommen zu können.

»Kummer? Wie war euer Besuch in der Clausen'schen Kühlkammer?«, fragte Igor und schenkte mir seinen selbst gepflückten Kräutertee ein, der aussah wie eine aufgelöste Moorleiche, dafür aber erstaunlich gut schmeckte.

Seelchen knurrte warnend, aber darum konnte ich mich im Moment nicht kümmern. »Ganz gut eigentlich. Seltsam irgendwie. Aber ziemlich anstrengend! Ach, übrigens, darf ich vorstellen: Unser Hund heißt Seelchen, das hat Wolfs Mutter herausgefunden. Aber das erzähle ich dir alles später. Igor, mir ist dauernd schlecht, und ich kann mich nicht erinnern, wann ich meine letzte Regel hatte!«

So, das war raus. Ich hob meinen Kopf und sah Igor an. Er war ganz blass geworden. Unter dem Tisch legte Seelchen seine Schnauze in meinen Schoß.

Eine ganze Weile sagte keiner etwas. Das Wort *schwanger* hing unausgesprochen in der Luft, schwebte unheilvoll im Raum und wartete auf eine Reaktion.

Schließlich räusperte Igor sich als Erster: »Okay. Möglich wäre es natürlich. Zuallererst brauchen wir mal Klarheit.«

Oh, wie dankbar war ich für dieses »wir«, es hieß, dass ich auch mit diesen neuen Schwierigkeiten nicht ganz allein war, und das war ein großer Trost.

»Steffi, du musst einen Test machen. Zum Arzt willst du im Moment sicher noch nicht. Also, wir frühstücken jetzt erst mal, dann habe ich einen Patienten, währenddessen macht ihr beide noch einen kleinen Spaziergang zur Apotheke und besorgt einen Schwangerschaftstest. Ich komm dann später zu dir, du machst den Test, und dann sehen wir weiter. Okay?«

Ja, das würden wir tun. Wie gut, dass Igor einen klaren Kopf behielt, denn bei mir wechselten sich Wellen der Panik mit Wellen der Übelkeit ab.

Seelchen und ich zogen also los und kauften einen Schwangerschaftstest. Allein danach zu fragen war schon merkwürdig, es machte die Sache auf anstrengende Weise sehr real. Auf dem Rückweg sah ich eine Frau, die sich mit einem schreienden Baby im Kinderwagen durch den Schneematsch kämpfte. Sie sah sehr gestresst aus. Schnell schaute ich weg.

Ein Baby, einen Hund, keinen Mann, keine Fliegerei (schwanger durfte man nicht fliegen, man wurde gleich zum Bodenpersonal versetzt): So hatte ich mir das alles nicht vorgestellt! Ich wurde immer aufgeregter. Seelchen versuchte, sein Bein zu heben, da zerrte ich ihn schon wieder weiter. Er schaute zu mir hoch, ließ sich dann aber mitziehen. Ich musste einfach Klarheit haben und das schnell, sonst würde ich durchdrehen. Ich hastete zurück nach Hause.

Im Badezimmer riss ich die Testpackung auf, ich konnte nicht auf Igor warten. Aus Erfahrung wusste ich, dass er sich für seine Patienten immer viel Zeit nimmt, und diese Geduld brachte ich jetzt nicht auf. Ich folgte den Anweisungen der Gebrauchsanleitung – so, jetzt hieß es abwarten, ob ein dunkler Strich auf dem Streifen sichtbar werden würde. Die Sekunden dehnten sich zu kleinen Ewigkeiten, da ... ja, da war der gefürchtete dunkle Streifen. Kein Zweifel, ich war schwanger.

Ich brach in Tränen aus. Ich schluchzte und heulte laut, war vollkommen verzweifelt. Seelchen kam ins Bad, den Schwanz zwischen seine Beine geklemmt und winselte leise. Dann lief er hinaus, kam aber kurz darauf zurück und legte mir etwas Wollig-Feuchtes in den Schoß. Schlumi.

Irgendwann klingelte es an meiner Tür. Igor. Ich ließ ihn herein, er stellte keine Fragen, vermutlich sprach mein verheultes Gesicht Bände. Igor nahm mich einfach in die Arme, das heißt, einfach war es nicht, denn wie an meinem Bein festgewachsen, wich Seelchen nicht von meiner Seite. Zum Glück aber knurrte er Igor heute auch nicht an, für die übliche Schlichtungsaktion hätte mir auch ganz einfach die Kraft gefehlt. Wir setzten uns in die Küche.

»Schwanger also«, stellte Igor fest. Sein Blick fiel auf die aufgerissene Testpackung auf dem Küchentisch. »Wolltet ihr denn Kinder?«

Das war eine sehr berechtigte Frage, die ich aber gar nicht so ohne Weiteres beantworten konnte. Ich hatte schon immer Kinder gewollt und es stets für selbstverständlich gehalten, dass ich eines Tages welche haben würde. Als ich dann Wolf kennengelernt hatte, war ich ganz sicher gewesen, in ihm den Vater meiner zukünftigen Kinder gefunden zu haben. Gesprochen hatten wir aber über dieses Thema nie, ich wollte ihn nicht drängen, mir seiner Liebe und Treue erst sicher sein. Nach seinem Heiratsantrag war ich mir dann sicher gewesen, für mich klangen Hochzeitsglocken und Babygeschrei nach einem harmonischen Duett. Aber an ein vaterloses Baby und eine kopflose Mami hatte ich dabei nie gedacht.

»Ich schon«, sagte ich endlich leise.

Igor griff nach meiner Hand und streichelte sie. »Wenn dir das jetzt im Moment alles zu viel ist, dann könntest du natürlich auch ... Jeder Arzt hätte dafür absolut Verständnis, denn in deiner Situation ...«

Ich starrte ihn entsetzt an. Konnte nicht fassen, was er mir da vorzuschlagen schien. »Umbringen? Ich soll Wolfs Baby töten? Bist du wahnsinnig geworden?« Jetzt schrie ich fast.

Auch Seelchen hatte die Samtpfotenschuhe aus- und den Fehdehandschuh offensichtlich wieder angezogen, denn er stand aufrecht vor Igor und bellte wütend.

Igor lachte. »Ist ja schon gut, ihr beiden! Du meine Güte, ich bin doch hier nicht der Böse! Kriegt euch wieder ein! Du sollst gar nichts, was du nicht willst. Ein Baby ist es ja nun auch noch nicht, um das mal klarzustellen. Steffi, wenn du dir diese Schwangerschaft zutraust, wenn du dazu schon wieder genug Kraft hast, dann gratuliere ich dir sehr herzlich!« Dann wurde seine Stimme ganz ernst: »Und mein Angebot steht, ich werde dir helfen, ganz egal, wobei. So, und nun muss ich los, meine Patienten warten!«

Wir hörten die Haustür ins Schloss fallen. Seelchen hatte seinen Kopf in meinen Schoß gelegt und schaute mich an. Ich kraulte seinen Kopf, hinter den Ohren, wo er es am liebsten hatte. »Na, das ist vielleicht ein Schock, was, du alte Flohschleuder. Und nun? Wie soll das werden? Magst du denn kleine Babys, du Monster? Du bist immer so eifersüchtig – das musst du dir dann aber abgewöhnen, klar?«

Seelchen antwortete nicht. Aber er sah sehr zufrieden aus.

Am nächsten Tag ging ich zum Arzt, zu meinem Gynäkologen, Dr. Mats Johansson, der Stockholm mit Hamburg getauscht hatte, um, wie er sagte, »in den sonnigen Süden« zu ziehen. Ich hatte ihn mir ausgesucht, weil er als weißblonder Hüne zwar ziemlich attraktiv ist, aber nicht für mich, ich stehe bei Männern ausschließlich auf dunkle Haare. Meinen Frauenarzt möchte ich nicht sexuell interessant finden müssen, sonst könnte ich mich nicht vor ihm ausziehen und mich nicht mit weit gespreizten Beinen vor ihn hinlegen, während er eins dieser kalten, spitzen Instrumente mit den Worten »Entspannen, gaaaanz locker lassen« in mich hineinrammt. Dr. Johansson war für mich ein nettes Neutrum, und das war gut so.

Ich kam schon seit vielen Jahren in die Praxis. Er hatte mir inzwischen zum Glück verziehen, dass seine beste Kraft, Barbara Rischke, fasziniert von meinen Fliegeranekdoten, bei ihm gekündigt hatte und meine Kollegin geworden war.

Also lag ich vor ihm, ein kaltes Metallinstrument steckte in mir. Er hatte Entspannung gefordert, aber nicht bekommen, trotzdem untersuchte er mich gründlich.

Dann sah er mich strahlend an und verkündete: »Meinen herzlichen Glückwunsch, Frau Blume, Sie sind schwanger, das ist ganz eindeutig! Sieht alles sehr gut aus. Wir stellen Ihnen dann den Mutterpass aus, und Sie lassen sich einen neuen Termin geben, ja? Haben Sie noch irgendwelche Fragen?«

Noch Fragen? Der Mann hatte Humor. Jede Menge Fragen schwirrten Tag und Nacht durch meinen Kopf, aber keine, die er mir beantworten könnte. Also bedankte ich mich bei ihm und machte mich auf den Weg nach Hause. Als ich über eine der Hamburger Alsterbrücken kam, spannte sich plötzlich ein wunderschöner Regenbogen über dem Wasser, ein atemberaubender Anblick. Ich blieb stehen und betrachtete ihn; jede einzelne Farbe leuchtete so intensiv, wie ich es noch nie gesehen hatte.

Danke, Wolf, dachte ich. Und auf einmal durchflutete mich ein grandioses Glücksgefühl. Ich begriff, was für ein Geschenk ich gerade bekommen hatte. Wolf, danke für unser Wölfchen, dachte ich. Ich verspreche dir, dass ich gut auf es aufpassen und es sehr, sehr lieben werde!

18

Als ich meinen Schlüssel ins Schloss steckte, fing Seelchen hinter der Tür zu bellen an. Wie schön, wenn man erwartet wird, dachte ich, es muss ganz schrecklich sein, wenn man immer nur in eine leere Wohnung kommt. Wenn, egal, wie lange man weg war, alles immer noch genauso ist, wie man es verlassen hat. Das ungemachte Bett, der leere Kühlschrank, die vertrockneten Zimmerpflanzen. Wenn man ein Leben führte, das niemand begleitete, niemandem wirklich wichtig war.

Stopp, aber sofort, rief ich mich zur Ordnung, während ich den Schlüssel umdrehte, das Bellen lauter wurde und ich beim Eintreten in meine Wohnung von einem schwanzwedelnden Ungetüm fast zu Boden gerissen worden wäre. Du hast einen Hund, der dich liebt, ein Baby, das in dir wächst, und einen Nachbarn, der dir auf Anfrage die geilsten Fußmassagen gibt. Das Leben könnte sehr viel schlimmer sein.

Und so stand ich zwanzig Minuten später in meiner Küche vor meiner Espressomaschine und wartete auf das letzte Zischen, das den fertigen Espresso ankündigte. Neben mir hechelte Seelchen – sein Wassernapf war voll, Durst konnte er also nicht haben.

Ich beschloss, ihn zu ignorieren, machte Milch warm, schäumte sie auf, goss sie auf den schwarzen Espresso, streute erst Schokoladenstreusel, dann Zimt darüber. So üppig hatte ich ihn noch nie getrunken, aber auf einmal hatte ich Lust auf so viel Geschmacksvariationen wie möglich. War das schon die Schwangerschaft?

»Hör endlich auf zu wedeln«, sagte ich zu Seelchen. Sein Schwanz ging so blitzschnell hin und her, dass es mich ganz nervös machte, »und lass mich in Ruhe meinen wohlverdienten Cappuccino genießen.«

Ich trank den ersten Schluck ... Hhmmm, genau richtig: der Schaum fest, der Espresso würzig. Es hätte mir noch viel besser geschmeckt, wenn nicht Seelchens Hundeaugen unverwandt auf mich gerichtet gewesen wären.

Ich wusste genau, was er wollte, aber ich wollte nicht. Er musste lernen, sich wie ein richtiger Hund zu benehmen, und die trinken keinen Milchkaffee, basta! »Hör auf, mich so anzustarren, Seelchen«, sagte ich streng. Dann versuchte ich, ihn zu ignorieren und genüsslich weiterzutrinken. Doch nach dem dritten Schluck – nicht schon wieder! – stürzte ich Richtung Toilette, zum Glück gerade noch rechtzeitig.

Ich putzte mir die Zähne und ging wieder in die Küche zurück. Da ich, wie meine Mutter immer sagt, so zäh wie eine Bergziege bin, ging es mir schon wieder gut, und ich freute mich auf meinen Cappuccinorest. Die Tasse stand da, wo ich sie verlassen hatte, aber sie war leer. Bis zum allerletzten Tropfen sauber geschleckt.

»Na warte, du Racker!«, rief ich und lief im Stechschritt durch die Wohnung. Und fand Seelchen auf dem Sofa, auf meinem rosasamtigen Lieblingskissen. Er trug den Schuldbeweis in seinem Hundgesicht – einen dicken, fetten Milchschaumbart.

»Ich möchte nicht, dass du ständig meinen Milchkaffee wegschlabberst«, sagte ich so streng wie möglich, was nicht besonders streng war, denn Seelchen sah in diesem Moment so sehr nach, ja, nach Wolf aus, dieselben »Tu mir nichts, ich hab dich doch so lieb«-Augen, dasselbe leicht verlegene Grinsen um den Mund, sorry, um die Schnauze, dass ich ihn nur anstarrte und nichts mehr sagen konnte. Meine Sehnsucht nach Wolf war so gewaltig, dass sie mir fast die Brust sprengte.

Seelchen sah mich unverwandt an, die Intensität in seinem Blick war kaum auszuhalten

»Ist ja schon gut«, murmelte ich, »gibt ja Schlimmeres. Mach ich mir eben einen neuen.«

Seelchen legte den Kopf schief, während sein kurzer Knubbelschwanz hin und her schlug wie das Pendel einer Wanduhr.

Meinen neuen Kaffee behielt ich vorsichtshalber in der Hand, während ich den Tierarzt Dr. Opel anrief, der bei mir um die Ecke praktizierte.

»Welche Rasse?«, fragte die Rezeptionistin.

»Schwer zu sagen«, erwiderte ich ehrlich, »wahrscheinlich ist er auf einer Hundeorgie entstanden.« Kurzes Schweigen, eindeutig der falsche Satz. »Von allem etwas«, korrigierte ich mich. Widerwillig stellte sie mich durch.

»Ich habe in drei Minuten eine OP, Darmverschluss bei einem Dackelrüden, worum geht's?«, fragte Dr. Opel und klang dabei etwas ungehalten.

Ich kam mir mit meinem Problemchen einen Hauch frivol vor, aber ich fragte trotzdem: »Ist es normal, wenn ein Hund Cappuccino trinkt?«

Kurzes Räuspern. »Verdauung normal?«

Ich bejahte.

»Andere Merkwürdigkeiten?«

Ich bat um eine kurze Definition. Wann ist ein Hund merkwürdig? Ungeduldiges Seufzen, der Darmverschluss wartete.

»Wenn er als Kuscheltier den BH seiner Besitzerin mit ins Körbchen nimmt und sonst nicht schlafen kann. Wenn er unbedingt mit Herrchen in die Badewanne will. Wenn er jeden, der aus einem roten Auto steigt, ins Bein beißt. Wenn er Babyköpfe ableckt. Sonst noch Fragen?«

»Nein«, hauchte ich überwältigt und sehr erleichtert. Seelchen befand sich in allerbester Freakgesellschaft, so viel war klar.

»Hunde sind ja Lebewesen, genau wie Menschen, und wer weiß, vielleicht war Ihrer in einem früheren Leben ein Mensch, der gern Milchkaffee trank?« Er lachte und legte auf. Er hielt mich für ein bisschen durchgedreht, das war mir klar.

Ich lachte auch, so laut, dass Seelchen herbeilief und mich fragend anschaute. »Der Doktor meint, du seist vielleicht früher ein Mensch gewesen, ist das nicht zu witzig?«

Wir schauten uns an, einen sehr langen Moment, und alles wurde still, und die Welt blieb stehen.

Es war etwas in seinem Hundegesicht, ein Ausdruck, eine Wehmut, eine Frage, die mich durchschauerte bis auf den Grund meiner Seele.

»Wer immer du bist, du frecher Köter, du tust mir jedenfalls gut«, sagte ich endlich und trat auf den Balkon. Ich atmete tief durch. Einen ganz kurzen Moment hatte ich doch tatsächlich geglaubt, dass ... Was für ein absurder Gedanke.

Seelchen folgte mir, als ich zwecks Schwangerschaftsakupunktur bei Igor klopfte. Sein weiches Hundefell rieb an meinem Bein, so dicht stand er neben mir.

»Bist du eifersüchtig, mein Guter?«, fragte ich, während wir darauf warteten, dass Igor endlich aufmachte. »Ich habe nicht die Absicht, meinen Nachbarn zu verführen, falls es das ist, wovor du Angst ...«

»Schade, ich hätte nichts dagegen!« Igor grinste, als er die Tür aufhielt, er hatte die letzten Worte mitgehört. »Ich stehe nämlich auf schwangere Frauen, so sexy!«

Etwas verlegen grinsend folgte ich Igor in sein Behandlungszimmer, zog Schuhe und Strümpfe aus und legte mich auf seine Patientenliege. Kerzen brannten, Duftöle verbreiteten einen Hauch von Orient, ein Klavierkonzert von Beethoven plätscherte aus den CD-Lautsprechern. Ich fühlte mich äußerst wohl und freute mich auf meine Nadeln bzw. die Fußmassage, die Igor mir danach verabreichen würde, während die Nadeln in mir arbeiteten.

»Entspannen, am besten Augen schließen«, wies Igor mich an, während er die Vorhänge zuzog, »konzentriere dich jetzt ganz auf dich und deinen Körper. Also, was hast du für Beschwerden – die Übelkeit und was sonst noch?«

»Ich bin total müde immerzu, ich könnte einfach ständig schlafen. Und das kann jetzt nicht mehr an der Zeitverschiebung liegen! Sonst geht's mir eigentlich ganz gut«, murmelte ich, denn genau das hätte ich am liebsten gleich wieder getan, einschlafen.

»Okay, das ist ganz normal in den ersten Wochen einer Schwangerschaft. Später kommen dann Energieschübe, aber bis dahin ...« Igor hatte ein paar Nadeln aus ihren Verpackungen genommen und sich zum Festhalten in den Mund gesteckt, ich musste wie immer lachen bei diesem Anblick, denn so sah er aus wie ein menschliches Nadelkissen. Er ließ sich aber nicht aus der Ruhe bringen, voller Konzentration drückte er an meinem Fuß herum, suchte den richtigen Punkt und zack, steckte die erste Nadel an Ort und Stelle.

»Aua!«, rief ich. Seelchen knurrte, aber Igor blieb ungerührt.

»Steffi, du weißt doch, dies ist eine Akupunktur- und keine Wellnessbehandlung! Sag, wenn du was spürst, nicht Hautschmerz, sondern einen Druck oder so ein Gefühl wie ein kleiner Stromschlag ...«

»Ja, da war es«, unterbrach ich ihn.

Igor zückte die nächste Nadel. »Ich setze dir zwei Nadeln gegen die Übelkeit, dann noch hier und hier und hier ...«, er deutete auf verschiedene Stellen an den Händen, am Knie und hinter dem Ohr, »für mehr Energie ...«

»Ist schon gut, bringen wir's hinter uns!«, sagte ich und schloss die Augen.

Igor stichelte weiter an mir herum. »Während die Nadeln wirken, kommt dann der angenehme Teil, du bekommst eine schöne Massage zur Anregung deiner ...«

»Aua!«

Seelchen knurrte laut.

»Ja, das ist eine unangenehme Stelle, aber wirkt sehr gut«, meinte Igor ungerührt.

Ein bisschen sadistisch war er irgendwie schon, fand ich, aber mein Gejammer wurde ignoriert.

»So, nun noch hier ...« Igor schob mein T-Shirt hoch und strich über meinen nackten Bauch. Er nahm eine Nadel aus dem Mund, ein lauter Schrei, die restlichen Nadeln rieselten zu Boden: »Autsch, lass sofort los, du verdammtes Biest, lass los!«

Entsetzt riss ich die Augen auf und konnte nicht glauben, was ich sah: Seelchen hatte sich auf Igor gestürzt, sich regelrecht in dessen Handgelenk verbissen, und schüttelte seine Beute heftig wie ein erlegtes Tier, dem er das Genick brechen wollte.

»Aufhören, sofort aufhören, lass Igor los!«, schrie ich, aber das Kampfgetümmel ging weiter. Ich sprang von der Liege hoch, was ziemlich schwierig war, weil überall lange Nadeln in mir steckten. Ich warf mich zwischen die beiden Kontrahenten, packte Seelchen am Nackenfell und schrie so laut ich konnte: »Aus!«

Der Hund ließ von seinem Opfer ab, ich hielt ihn im Klammergriff und wagte einen Blick auf Igor. Sein Blick war schmerzverzerrt, er hielt sein rechtes Handgelenk umklammert, das heftig blutete. Mit einer Hand hielt ich den geifernden Hund fest, mit der anderen versuchte ich, mir die Akupunkturnadeln aus dem Körper zu ziehen. Dann schleifte ich Seelchen ins Badezimmer, schloss die Tür hinter ihm und ignorierte sein lautes, empörtes Winseln. Ich kehrte ins Behandlungszimmer zurück, wo der totenbleiche Igor auf dem Fußboden hockte.

»Igor, es tut mir so leid! Komm, lass mich mal sehen ...«

Er schüttelte nur den Kopf, sein Gesicht war vor Schmerzen völlig verzerrt.

»Igor, bitte, was kann ich tun?«, fragte ich verzweifelt. »Soll ich dich zum Arzt fahren? Ins Krankenhaus?« Immer mehr Blut, Igor sah so aus, als würde er gleich ohnmächtig werden. Ich rannte zum Telefon und wählte die Notrufnummer. »Bitte kommen Sie sofort, mein Nachbar verblutet, er verliert sein Bewusstsein!«, schrie ich in den Hörer.

Eine sachliche Stimme fragte nach der Adresse und versprach, einen Krankenwagen zu schicken. »Versuchen Sie inzwischen, die Blutung zu stoppen, und bitte beruhigen Sie sich ein bisschen!«, riet sie mir noch.

Blutung stoppen, ja wie denn? Leider bin ich beim Anblick von Blut keine große Heldin, aber danach fragte jetzt niemand. Ich schnappte mir ein paar von den Handtüchern, die schön ordentlich gestapelt im Regal lagen, wickelte sie um Igors Arm und drückte auf die Stelle, aus der am meisten Blut zu schießen schien. Igor hatte die Augen geschlossen, er war nicht mehr ansprechbar, aber ich konnte seinen Atem hören. »Bitte, bitte, mach alles gut«, flüsterte ich, »lieber Gott, bitte nicht auch noch Igor!«

Zum Glück klingelte es kurz darauf an der Tür, der Rettungswagen war da, und kompetente Sanitäter übernahmen die Situation. Igor bekam einen ordentlichen Druckverband, dann wurde er auf eine Trage geladen und aus der Wohnung getragen.

»Kommen Sie mit ins Krankenhaus? Wir haben da auch noch ein paar Fragen zum Unfallhergang!«

Ich zog mir eilig Schuhe und Strümpfe wieder an und lief zum Krankenwagen. Seelchen ließ ich im Bad schmoren, ich war so böse auf ihn – wie konnte er uns allen so etwas antun? Sollte er ruhig ein paar ungemütliche Stunden im Badezimmer verbringen und über seine Sünden nachdenken.

Im Krankenwagen kam Igor wieder zu sich. Ich wollte nach seiner Hand greifen, zuckte aber zurück, denn die war ja dick bandagiert.

»Steffi, was soll denn das? Wo fahren wir hin? Was ist passiert?«

Ich kam mir fast ein bisschen wie eine Petze vor, aber er hätte es ja sowieso erfahren. »Seelchen hat leider zugebissen«, entschuldigte ich mich. »Es tut mir wahnsinnig leid, dass es ausgerechnet deine Hand ...«

»Meine Behandlungshand«, murmelte Igor und betrachtete seine Bandage. »Ich hoffe, der verdammte Köter ist gut versichert.«

Der Krankenwagen stoppte, ich begleitete Igor in die Notaufnahme. Neben uns keuchte eine alte Dame, die über ihren avocadogroßen Chihuahua gestolpert war und mit ihm auf dem Schoß auf einen Arzt wartete, hinter uns schrie ein Baby so gellend, dass ich mir die Ohren zuhielt. Der grauhaarige Mann, der es genervt von sich hielt, war bestimmt sein sehr später Vater. Ich unterdrückte ein klitzekleines Gefühl der Schadenfreude – das hast du nun davon, dass du vermutlich deine Erstfrau und deinen A-Wurf verlassen hast, um dich mit einer weiblichen Eizelle auf einen B-Wurf einzulassen!

»Warten Sie hier, bis ein Arzt frei ist«, raunzte die mittelalte Schwester mit Locken wie kleine Schweineschwänzchen uns an.

Ich konnte ihren Missmut verstehen, keine fünf Minuten hätte ich es hier ausgehalten, wenn ich die Wahl gehabt hätte. Aber das Schicksal fragte uns nicht, und so saßen Igor und ich noch zwei Stunden auf zwei sehr harten Stühlen im Wartezimmer. Die Lesemappe war von vor dem Zweiten Weltkrieg, und Igors Stirnfalte wurde so tief, dass kein Botox der Welt dagegen angekommen wäre.

Ich traute mich gar nicht mehr, ihn anzusehen. »Kann ich das je wiedergutmachen?«, fragte ich irgendwann, aber er schüttelte nur den Kopf. Inzwischen machte ich mir auch ein paar Sorgen, was Seelchen in meiner langen Abwesenheit wohl mit Igors Badezimmer anstellen mochte. Zum Personenschaden dann noch Sachschaden, das würde Igor sicher nicht milder stimmen.

Drei gefühlte Ewigkeiten später stand Schweineschwänzchen mit einem »Kein falsches Wort, oder ich raste aus«-Ausdruck im Gesicht vor uns und sagte: »Bitte kommen Sie mit.«

Brav folgten wir ihr in eins der Behandlungszimmer, in dem eine sehr junge Frau im weißen Kittel saß und sich freundlich mit: »Ich bin Dr. Gundlach« vorstellte.

»Soll ich bleiben?«, fragte ich Igor, der bereits Platz genommen hatte. Er schüttelte den Kopf, also wartete ich draußen, wo ich auf und ab ging und mich wie ein geprügelter Hund fühlte. Falsches Stichwort! Wie es wohl Seelchen ging? Konnten Hunde Schuldgefühle empfinden? Sich so elend fühlen wie ich in diesem Moment? Oder hatte er womöglich längst vergessen, was er angerichtet hatte?

»Frau Dr. Gundlach will die Polizei informieren.« Ich hatte Igor nicht kommen hören, zuckte bei seiner kühlen, beherrschten Stimme richtig zusammen. Mit der viel zu jungen Ärztin stand er vor mir und sah mich an.

»Die Polizei?«, rief ich erschrocken. »Was macht die denn mit Seelchen? Einsperren oder einschläfern? Das lasse ich nicht zu.«

»Herrn Woronows Hand ist so zerfetzt, dass er mindestens drei Monate ausfällt«, sagte Dr. Gundlach. »Ihr Hund ist ganz offensichtlich gefährlich, auch für Sie als Schwangere. Stellen Sie sich vor, er beißt Ihr neugeborenes Kind!«

Nein, wollte ich schreien, das würde Seelchen nie tun, doch sie war bereits zum nächsten Patienten geeilt.

»Tut mir leid, aber ich finde, sie hat recht«, sagte Igor leise. »Das Tier ist einfach unberechenbar.«

19

Schweigend fuhren wir im Taxi nach Hause. Schweigend stiegen wir die Treppen hoch. Schweigend schlich ich an Igor vorbei in seine Wohnung und zog meinen zitternden Hund unter Igors Waschbecken hervor, wo er sich kläglich zusammengerollt hatte.

Ich nahm ihn auf den Arm und wandte mich zum Gehen. »Bis bald«, sagte ich.

»Bis irgendwann mal«, sagte er.

Das klang genauso wenig gut, wie ich mich fühlte, als ich schließlich meine Tür aufschloss und die totenstille Wohnung betrat.

Ich setzte Seelchen auf den Boden und schaute ihn an. Seine braunen Augen wanderten ängstlich hin und her. Da ging ich in die Knie und streichelte ihn. »Ist ja gut, Seelchen«, flüsterte ich. »Du hast zwar großen Mist gebaut, aber ich bin sicher, dass es dir sehr, sehr leid tut, oder?«

Das Geräusch, das aus seiner Hundeschnauze kam, als Wuff zu bezeichnen, wäre übertrieben, es war eher ein winziges Wüffchen, ein so zaghafter kleiner Laut, dass mir auf einmal die Augen feucht wurden.

Ich betrachtete das Fellknäuel zu meinen Füßen und hatte auf einmal ganz große Sehnsucht, mich an diesen warmen Tierkörper zu kuscheln. »Das kriegen wir wieder hin«, sagte ich. »Igor wird uns verzeihen, dafür sorge ich schon. So, und jetzt mache ich uns beiden einen riesigen, zuckersüßen Cappuccino.«

Wuff! Seelchen reckte sich, sein Schwanz wedelte wieder, und eine Viertelstunde später saßen wir beide auf meiner Küchenbank und schlabberten den Zucker vom Milchschaum.

»Warum bist du bloß so ausgerastet, Seelchen?«, fragte ich ihn zwischen zwei Schlucken. »Hast du gedacht, die Nadeln tun mir weh oder schaden dem Baby?«

Seine Reaktion – dreimal laut gebellt – war eindeutig, aber seine edlen Motive machten die Sache nicht besser. Wenn Seelchen mich auf diese Art vor jeder Gefahr »beschützen« wollte, hätte ich ja keine ruhige Minute mehr.

»Und was wäre, wenn du mir vor lauter Beschützerinstinkt in den Bauch gebissen und Wölfchen verletzt hättest?«, fragte ich streng. Allerdings nicht so streng, dass mir der Milchbart entgangen wäre, der Seelchens Hundemaul wie ein weißer Ring umkränzte; er sah einfach zu schnurzelig aus, und obwohl ich aus pädagogischen Gründen eigentlich noch böse sein wollte, drückte ich ihm einen Schmatz mitten auf die Schnauze.

»Hey, du zitterst ja!« Ich rückte etwas ab und nahm seinen weichen Wuschelkopf in meine Hände, wir sahen uns tief, und ja, fast ein bisschen zärtlich in die Augen. Gerade wollte ich zu einem zweiten Schmatz ansetzen, da klingelte es.

Ich riss die Tür auf mit einem erleichterten: »Igor, das ist ja schö... ach du Schreck!« Seelchen quetschte sich neben mir an mein Bein.

Vor mir standen zwei Polizisten. »Sind Sie Frau Blume?«, fragte der jüngere, den ich unter anderen Umständen gern auf einen netten Plausch hereingebeten hätte.

Ich nickte, während mir das Herz vor Angst fast aus dem Leibe herausklopfte.

Der Ältere trat jetzt einen Schritt vor. »Dann ist das da sicher der Hund, der heute Ihren Nachbarn berufsunfähig verletzt hat«, sagte er, wartete meine Antwort gar nicht ab, sondern griff zu. Das heißt, er wollte zugreifen und Seelchen gerade bei seinem Hundehalsband packen, als sich dieser mit lautem Geknurre an ihm vorbeidrückte und die Treppe hinunterraste. Die beiden Polizisten rasten hinterher, aber natürlich war Seelchen viel zu schnell für sie.

Was sollte ich tun? Die Haustür unten musste wohl offen gestanden haben, der Lärm und das Getümmel verlagerten sich jedenfalls nach draußen. Ich rannte zur Balkontür und lehnte mich über die Brüstung. Von hier oben aus hatte ich den Schauplatz des Geschehens ganz gut im Blick.

Armes Kerlchen, dachte ich schuldbewusst, als ich die wilde Hetzjagd beobachtete, die mein Seelchen den beiden Polizisten da in unserer Straße lieferte. Schließlich beobachtete ich, wie mein Hund nach einigen geschlagenen Haken und mehrmaligem Richtungswechsel in der Toreinfahrt schräg gegenüber verschwand. Gut so, denn dort kannte er sich aus.

Die zwei Ordnungshüter hatten ihn zum Glück nicht gesehen, sie blieben schwer atmend stehen, dann kamen sie, ohne den Ausreißer, wieder auf mein Haus zu. Fast taten sie mir leid, außerdem musste ich sie unbedingt gnädig stimmen, denn im Moment hing Seelchens, und damit irgendwie auch mein Schicksal, von ihnen ab. Also rief ich ihnen ein bemüht freundliches »Lust auf einen schönen heißen Kaffee?« entgegen, als sie die Treppe hochkeuchten.

Sie machten zwar noch ein paar »Eigentlich sollten wir nicht«-Geräusche, saßen aber kurz darauf in meiner Küche. In meinem Kühlfach hatte ich noch einen tiefgekühlten Apfelstrudel gefunden, der jetzt im Backofen auftaute und köstliche Düfte verströmte. Und obwohl ich mir große Sorgen um Seelchen machte, der hoffentlich ein Plätzchen in dem Hof gefunden hatte, wo er erst mal untertauchen und auf mich warten konnte, könnte man die folgende Kaffeestunde fast gemütlich nennen.

Um die Stimmung erst einmal aufzulockern, fragte ich Thomas (den jüngeren) und Herrn Koller (den älteren Polizisten) nach ihren schwierigsten »Kunden«, ließ sie ein bisschen aus dem Nähkästchen plaudern, und dann erzählte ich ihnen ein paar von meinen Fliegerabenteuern. Von dem betrunkenen Passagier, der nicht von der Toilette herunterkam, auch auf unser Klopfen nicht reagierte, bis wir die Tür von außen öffnen mussten. Da saß er dann mit heruntergezogener Hose, Brille auf der Nase, und war eingeschlafen. Oder von dem alten amerikanischen Herrn, der die vordere Garderoben- mit der Toilettentür verwechselt hatte und auf die Jacken und Mäntel pinkelte. Von dem Pärchen in Aktion, dem ein Kollege eine Wolldecke überwerfen musste, weil die anderen Passagiere sich durch diese Peepshow gestört fühlten, woraufhin die beiden für einen »Nachschlag« in der Toilette verschwanden, und als sie wieder auftauchten, zog die Frau eine Klopapierrolle hinter sich her, in die sie sich im Eifer des Gefechts verheddert hatte. Oder von der armen Frau auf ihrem ersten Flug, der dann schlecht wurde: Sie fand die Spucktüte in der Sitztasche nicht und kotzte in ihre Handtasche, um niemanden zu belästigen. Von der uralten Japanerin, die sich direkt neben dem Essenswagen in der Küche, in der gerade das Frühstück vorbereitet wurde, mit vielen Verbeugungen bis auf die Unterwäsche aus- und dann ihren Kimono anzog.

»Und dann die russischen Seeleute, die waren so betrunken,

dass wir eine Zwischenlandung über Grönland machen mussten, aber als die Polizei an Bord kam, waren die Russen schon tief und fest eingeschlafen ...«, erzählte ich gerade unter großem Gelächter, als es klingelte. Dreimal, hart und irgendwie ärgerlich. Seelchen konnte es nicht sein, seine Pfoten reichten nicht an die Klingel. Aber vielleicht brachte ihn ein Nachbar zurück. Was sollte ich tun? Wenn ich ihn hereinließ, würden die netten Polizisten ihn »verhaften«, einsperren und womöglich einschläfern!

Es klingelte wieder.

»Das ist bestimmt Ihr Ausreißer!«, rief der ältere Polizist. »Darf ich mir noch ein Stück von Ihrem wunderbaren Apfelstrudel nehmen?«

»Ja, gern!«, rief ich zurück, und mit einer bösen Vorahnung öffnete ich vorsichtig meine Wohnungstür.

»Darf ich reinkommen?«

Ohne meine Antwort abzuwarten, stürmte Igor an mir vorbei in die Wohnung. Seine Miene sah finster aus, sein dicker Verband ums Handgelenk sprach Bände. Sehr vorwurfsvolle Bände.

»Du hast Besuch?«, fragte er und folgte dem fröhlichen Männergelächter in meine Küche.

»Darf ich vorstellen? Die Polizei, dein Freund und Helfer, und Herr Woronow, leider das Opfer.« Vor lauter Verlegenheit hätte ich fast gekichert – zum Glück konnte ich mir das gerade noch verkneifen, denn auch so erinnerte Igor an einen gereizten Stier.

»Angenehm«, sagte er kühl. »Sind Sie hier, um den Täter mitzunehmen?«

Die Polizisten nickten, etwas schuldbewusst, denn nach »Ermittlungsarbeit« sahen sie im Augenblick wirklich nicht aus: Dem Älteren klebte ein Strudelkrümel am Kinn, der Jüngere hatte einen niedlichen Milchbart.

»Tja, das müssten wir wohl«, seufzten sie, »er hat Sie schließlich verletzt, er muss aus dem Verkehr gezogen werden. Oder sind Sie anderer Meinung? Bleiben Sie bei Ihrer Anzeige?«

Mir blieb fast das Herz stehen. Anzeige? Igor hatte Seelchen angezeigt? Ich konnte fühlen, wie ich innerlich zu Eis erstarrte.

Bevor ich aber meine Meinung über diese schändliche Tat in Worte fassen konnte, hörte ich Igor sprechen: »Ich habe bisher niemanden angezeigt. Das Krankenhaus hat die Polizei eingeschaltet. Ich bin hier, um zu hören, was jetzt werden soll. Wenn ich allerdings geahnt hätte, dass hier ein fröhlicher Kaffeeklatsch stattfindet ...«

Wir drei schwiegen ertappt. Igor hatte alles Recht der Welt, sauer zu sein, das war mir völlig klar, aber leider hatte ich gerade zu viele andere Sorgen, da war einfach momentan kein Platz für Mitleid.

Da ergriff Herr Koller das Wort. »So, Frau Blume, wir müssen jetzt wirklich zur Sache kommen. Würden Sie mir bitte mal Ihren Hundeführerschein zeigen?«

Meinen was? Ein Hund ist doch kein Auto – wollte der Mann mich veralbern? Nein, das wollte er leider nicht. Die nächste halbe Stunde wurde sehr ungemütlich für mich. Ich erfuhr eine ganze Menge über die Rechte und vor allem über die Pflichten einer Hundehalterin in Deutschland. Es stellte sich heraus, dass ich eine Haftpflichtversicherung für Seelchen hätte abschließen müssen (mir wurde ganz schlecht bei dem Gedanken an Igors Verdienstausfall), ich hätte Hundesteuern bezahlen müssen, dann gab es einige Pflichtimpfungen, um die ich mich hätte kümmern müssen. Igor war nämlich im Krankenhaus gegen Tollwut geimpft worden, weil unklar war, ob Seelchen womöglich ... Und der Hundeführerschein war auch kein Scherz gewesen – ohne einen solchen musste man Hunde an der Leine führen. Sonst drohte ein dickes Bußgeld.

»Aber das wusste ich doch alles nicht, Seelchen ist mir doch zugelaufen«, wandte ich zaghaft ein, als Herr Koller eine kleine Atempause in seiner Belehrung einlegte.

»Unwissenheit schützt vor Strafe nicht! Oder wollen Sie damit sagen, dass das Tier Ihnen nicht gehört?«

Tja, das war eine gute Frage. Seelchen gehörte zu mir, daran hatte ich nicht den leisesten Zweifel, aber gehörte er mir auch? Rein juristisch? Vielleicht war er ja seinem alten Herrchen oder Frauchen einfach weggelaufen? Egal. Jetzt gehörte er mir.

»Doch, er ist mein Hund«, sagte ich leise.

»Frau Blume, das Tier ist als aggressiv und gefährlich aufgefallen, es muss ins Tierheim.«

»Nein, bitte, das können Sie doch nicht tun! Er wollte mich doch nur beschützen! Das machen Hunde schließlich doch, oder?«

»Beschützen? Heißt das etwa, Herr Woronow hat Sie angegriffen?« Jetzt blickte Herr Koller streng auf Igor, der empört nach Luft schnappte.

»Nein, natürlich nicht, das heißt, irgendwie schon, jedenfalls dachte Seelchen das. Die Nadeln, und er hat mir an den Bauch ...«, stotterte ich. Die Situation war dermaßen verfahren, dabei wollte ich doch nur in Frieden gelassen werden und den Rest des Tages in einem kuscheligen Schaumbad verbringen!

Igor ergriff das Wort, er erklärte den beiden Polizisten die ganze Geschichte, aber aus seinem Mund klang sie nicht weniger furchtbar.

Herr Koller kratzte sich verlegen am Kopf. »Tja, die einzige Möglichkeit, die ich sehe, wäre ein sogenannter Wesenstest. Sie scheinen ja, mit Verlaub, nicht besonders viel Ahnung von der Hundehaltung zu haben, Frau Blume. Wenn Ihr Nachbar Sie nicht anzeigt, müssen Sie sich mit ihm über die Schadensregulierung einigen, aber der Hund muss ins Tierheim, bis ein dafür zugelassener Tierarzt eine Gefährdungsbeurteilung vorgenommen hat. Wenn sich dabei herausstellt, dass er nicht gefährlich ist, dann können Sie ihn zurückbekommen. Dazu muss er allerdings erst einmal wieder auftauchen, was er vermutlich tun wird, wenn wir uns verabschiedet haben!« Er zwinkerte mir zu. »Kopf hoch, Frau Blume, ein Frauchen wie Sie würde ich auch verteidigen!« Dabei lächelte er mich so nett an, dass ich vor Verlegenheit unhold errötete.

Igor räusperte sich vernehmlich.

Thomas hatte schon die ganze Zeit nicht mehr viel gesagt und schien es plötzlich eilig zu haben. »Danke für Kaffee und Kuchen und viel Glück!«, sagte er, dann gingen die beiden Polizisten und ließen mich mit Igor allein.

»Wo steckt er?«, fragte Igor, kaum dass die Haustür ins Schloss gefallen war. Als ich zögerte, sagte er resigniert: »Nein, lass man. Besser, ich weiß es nicht. Steffi, du weißt genau, dass ich dich sehr gern habe. Aber ich habe keine Lust, mit einem Hund um deine Freundschaft zu konkurrieren, denn mit Beschützerinstinkt hatte das heute nichts zu tun, und das weißt du auch genau. Dein Hund benimmt sich nicht wie ein Tier, sondern wie ein eifersüchtiger Liebhaber.

Du musst dich entscheiden, wen du in deinem Leben haben willst, Steffi. Für Seelchen und mich zusammen ist kein Platz.«

Ich wollte ihm widersprechen, wollte ihm sagen, dass ich doch beide brauchte! Aber ich sagte kein Wort, denn ich wusste, dass Igor recht hatte.

Mein Schweigen war für Igor Entscheidung genug, er sah mich lange an, schien meine Seele auszuleuchten mit diesem Blick, dann stand er auf. »Ich habe noch ein paar Rücklagen, ein paar Wochen kann ich ohne Einkünfte zurechtkommen, darüber mach dir im Moment keine Sorgen«, sagte er. »Aber versteh bitte, dass wir uns nicht mehr sehen können. Leb wohl!« Igor kam zu mir, nahm mich in die Arme und küsste mich einmal kurz auf den Mund. Es war unser erster Kuss, und dass er sich so unerwartet gut und richtig anfühlte, dass trotz all der misslichen Umstände mein Herz plötzlich so laut klopfte, dass ich fürchtete, er könnte es hören, und mir die Knie so weich wie Wattepads wurden, war wie ein Schock.

»Igor, bitte bleib doch«, flüsterte ich, aber er war schon gegangen.

Wie betäubt stand ich da, ein Gefühl von Verlust und Angst überrollte mich wie eine Riesenwelle. Ich wollte, dass Igor blieb, gleichzeitig musste ich Seelchen vor ihm schützen. Zwei Gefühle, zwei Loyalitäten bekämpften sich in meiner Brust. Ein Mann und ein Hund kämpften um mich, ein merkwürdiges Gefühl.

Aber kein schönes. Und keins, das ich im Moment erklären oder um das ich mich kümmern konnte. Ich dachte an meinen Lieblingsfilm »Vom Winde verweht«, an die furchtbare allerletzte Szene, als Scarlett endlich erkennt, dass sie nur

Rhett Butler liebt, den sie aber so oft zurückgestoßen hat, dass er sie endgültig verlässt. Sie bricht zusammen, aber dann beschließt sie: »Ich werde ihn zurückholen, ja, das werde ich. Schließlich ist morgen auch noch ein Tag.« Als ich das Buch zum ersten Mal las, hat mich dieser Schluss völlig fertig gemacht, und ich habe einen neuen gedichtet, wo sich Rhett Butler in der Tür noch einmal umdreht und sagt: »Ich wollte dich zwar verlassen, denn verdient hättest du es, aber meine Gefühle sind stärker als meine Vernunft.«

Wäre schön, wenn man sich das Leben auch nach Belieben umdichten könnte. Und obwohl das ja leider nicht geht, beschloss ich trotzdem, wie Scarlett zu sagen: Ja, morgen, nächste Woche, irgendwann würde Igor wieder zu meinem Leben gehören, er würde sich mit Seelchen vertragen, Wölfchen würde ...

Aber jetzt hatte ich erst einmal zu tun. Ich zog Stiefel und Mantel an, nahm meinen Schlüsselbund vom Haken und verließ meine Wohnung.

Es war inzwischen dunkel draußen. Ich schaute am Haus hoch; bei Igor brannte Licht, aber er stand nicht am Fenster. Trotzdem machte ich einen kleinen Umweg, dann schlich ich mich in die Toreinfahrt, in die mein Hund Stunden vorher den beiden Beamten entwischt war.

»Seelchen«, rief ich leise, »du kannst rauskommen, sie sind alle weg!«

Eine Zehntelsekunde später war mir das kleine Fellbündel in die Arme gesprungen, es leckte mir über mein Gesicht, und ich wusste, dass ich ihn nie wieder hergeben würde. Nie. Wir gehörten zusammen, auf immer und ewig. Ich drückte ihn an mich, dann trug ich ihn unter meinem Mantel versteckt zu meinem Auto.

»Wir können nicht hierbleiben, mein Schatz, du wirst von der Polizei gesucht!«, erklärte ich ihm und fuhr los.

Ich wusste, was ich zu tun hatte.

Nur ein einziger Mensch auf dieser Welt konnte mir jetzt helfen, und so machte ich mich auf den Weg zu Frau Clausen.

20

Eine halbe Stunde später saß ich auf ihrem Sofa, aber diesmal war alles anders! Wolfs Mutter hatte mir eine Wolldecke hingelegt und Kaffee gekocht, sie duldete sogar, dass Seelchen zusammengerollt auf meinem Schoß lag. Sie hatte sich die ganze Geschichte angehört und mich nicht ein einziges Mal unterbrochen. Jetzt schwiegen wir beide. Ich war froh, dass ich hergekommen war, sie wirkte wie ein Fels in der Brandung auf mich, und – dessen war ich irgendwie völlig sicher – sie stand auf unserer Seite.

»Stephanie, das sind ja wirklich bedeutende Neuigkeiten! Ich werde also Großmutter?«, sagte sie schließlich.

Richtig! Das hätte ich ihr eigentlich gern etwas feierlicher verkündet, aber nun war es eben raus, außerdem gehörte es ja unbedingt zur Geschichte. Ich lächelte ein bisschen unsicher und nickte.

»Das jedenfalls macht mich sehr glücklich!«, sagte sie begeistert und lächelte zurück. »Am besten bleibt ihr erst einmal hier, bis uns eine Lösung für das Tier eingefallen ist!« Ohne meine Antwort abzuwarten, ergriff sie eine kleine Glocke, die auf dem Tisch gelegen hatte, und läutete sie. Sekunden später tauchte eine Hausangestellte mit weißer Schürze auf, eine Erscheinung wie aus dem Kino. »Luise, wir haben Gäste«, sagte Frau Clausen, »bitte richten Sie das Gäste... nein, das Zimmer meines Sohnes für unseren Besuch her.«

Eine Handbewegung später war Luise verschwunden, und Wölfchens Großmutter wandte sich uns wieder zu. »So, du Untier, dann komm mal her zu mir!«, rief sie Seelchen zu, der auch sofort von meinem Schoß sprang und mit gesenktem Kopf auf meine Schwiegermutter zuschlich. »Ja, war das denn nun nötig?«, fragte sie ihn, hatte aber die Hand ausgestreckt und kraulte ihn hinter dem Ohr. Angst schien sie nicht zu haben. »Eifersucht zur Unzeit, dazu hat mein Sohn auch tendiert, eine wirklich lästige Eigenschaft! Die hat uns schon damals einigen Ärger beschert ...« Ihre Stimme verlor sich, ich überlegte gerade, ob ich ein bisschen nachhaken sollte, da erschien Luise wieder im Zimmer und verkündete, dass alles bereit sei.

»Gut, vielen Dank. Stephanie, Seelchen, ihr hattet einen langen Tag, ihr solltet jetzt ausruhen. Morgen sehen wir dann weiter.«

Das klang nach Anordnung, und so trollten wir uns. Ich legte mich mit klopfendem Herzen in Wolfs schmales Jugendbett, in das mir Seelchen, als wir alleine waren, ohne Zögern folgte.

In dieser Nacht träumte ich von Wolf. Es war das erste Mal seit seinem Tod; ich sah ihn ganz deutlich vor mir, er sprach kein Wort, er sah mich nur an, unverwandt und unendlich liebevoll. Er wusste von Wölfchen, das konnte ich an seinem Blick erkennen, und er freute sich über ihn. Tiefer Frieden erfüllte mich, nichts von der Unruhe und all den Problemen der letzten Wochen war in diesem Traum, alles war gut.

Als ich aufwachte, war dieser Frieden immer noch da. War Wolf noch da, ich konnte ihn noch spüren. Als ich schließlich die Augen öffnete, lag Seelchen quer über meine Bettdecke ausgestreckt, seine Schnauze lag auf meinem Bauch. Er sprang nicht auf, wie sonst immer, wenn er merkte, dass ich wach war. Er lag einfach nur da und war friedlich.

»Meine beiden Männer«, flüsterte ich, »Wolf und Seelchen, ihr vertragt euch.« Ein lächerlicher Satz, aber irgendwie ein richtiger. Es klopfte, und erst nach meinem freundlichen »Herein!« trat Louise ein und teilte mir mit, das Frühstück stehe bereit. Meine Güte, in was für eine feine Familie hätte ich da fast hineingeheiratet!

Es blieb so fein. Das Frühstück wurde im Wintergarten serviert: Brötchen, weich gekochte Eier, hausgemachte Himbeermarmelade, frisch gepresster Orangensaft, köstlich! Frau Clausen sah zu dieser frühen Morgenstunde bereits wie aus dem Ei gepellt aus. Ich hatte immerhin auch schon geduscht, musste dann aber meine Klamotten vom Vortag wieder anziehen. Leihunterwäsche von Wolfs Mutter hatte ich dankend abgelehnt, das war mir nun doch entschieden zu intim.

Frau Clausen legte ihre Serviette zusammen, dann sah sie mich an. »Stephanie, ich habe über alles nachgedacht«, fing sie an. »Ich halte es für keine Dauerlösung, euch hier zu verstecken – eine Clausen versteckt sich nicht. Ihr seid keine Verbrecher, man muss diese Angelegenheit regeln, und genau das werde ich tun. Unser Haus spendet regelmäßig ans Tierheim, ich kenne den Leiter, übrigens auch den Polizeipräsidenten, aber ich hoffe, diesen Kontakt nicht bemühen zu müssen. Ich werde jetzt ein bisschen telefonieren, dann werde ich dir mitteilen, was zu tun ist.«

Sie erhob sich und verließ den Raum, jeder Zoll die Powerfrau. Ich stellte mir Wolf und Emmi als Kinder vor, und ich konnte mir ausmalen, wie einschüchternd ihre Mutter auf sie gewirkt haben musste.

Zehn Minuten später erschien sie bereits wieder, ich hatte gerade meine zweite Tasse Kaffee getrunken, und verkündete den Schlachtplan. »So, Stephanie, ich habe Anweisung gegeben, die Hundesteuer zu überweisen, damit ist der Hund jetzt sozusagen legal. Unser Versicherungsagent schließt eine Haftpflichtversicherung für ihn ab. Keine Widerrede, in finanziellen Dingen dulde ich keine Schlampereien! Ich werde mich auch um eine angemessene Entschädigung für deinen Nachbarn kümmern – nein, bitte, unterbrich mich nicht, du wirst mein erstes Enkelkind bekommen, ich möchte, dass es in geordnete Verhältnisse hineingeboren wird. So weit das unter diesen schwierigen Umständen möglich ist«, setzte sie streng hinzu und lächelte ein bisschen traurig. »So, nun zum wichtigsten Punkt: In einer Stunde haben wir einen Termin bei Frau Dr. Eberhardt, sie ist die zuständige Amtstierärztin, ich spiele mit ihrer Mutter donnerstags Bridge. Sie wird den Wesenstest mit Seelchen durchführen, den dieser bestehen wird!«

Bei ihren letzten Worten starrte sie Seelchen durchdringend an. Er setzte sich kerzengerade hin und bellte zweimal kurz.

»Gut, ich sehe, wir haben uns verstanden. Dann in fünfzehn Minuten am Auto.«

Frau Dr. Eberhardt war eine freundliche Mittfünfzigerin mit braunen Knopfaugen und einer weichen, dunklen Stimme, die sofort so entspannend auf mich wirkte wie ein warmes Schaumbad. Zur Begrüßung kraulte sie Seelchen hinter den Ohren, dann untersuchte sie ihn sorgfältig auf Herz und Nieren, aber er war kerngesund. Anschließend bekam er die notwendigen Impfungen und eine Wurmkur, die er nur mit sichtlichem Ekel über sich ergehen ließ.

»Also, aggressiv wirkt er wirklich nicht, so viel kann ich

schon mal sagen«, meinte sie schließlich. »Aber wir müssen ihn noch in ein paar Situationen testen, das machen wir auf unserem Übungsplatz, wo unsere Mitarbeiter ein paar relevante Situationen simulieren können. Wenn das gut läuft, werden wir noch einen Spaziergang durch die Stadt unternehmen, und ich werde beobachten, wie Sie mit Ihrem Hund umgehen.«

Sie hob Seelchen vom Behandlungstisch, legte ihm die Leine an, und Frau Clausen und ich folgten ihr aus dem Raum. Es ging durch ein paar trübselige Behördenflure, einige Treppen hinunter und dann aus dem Gebäude hinaus.

»Auf in den Kampf«, rief Frau Clausen und sah sehr entschlossen aus.

Für sie schien es keine Zweifel zu geben, dass Seelchen rehabilitiert werden würde. Er war jetzt auch ein Clausen, der sich benehmen würde, wie man es von ihm erwartete.

Draußen kamen wir auf eine große Wiese, weiter hinten sah ich ein paar Container, wie man sie von Baustellen kennt, einige Gegenstände lagen verstreut herum, ein Kinderwagen, ein Rollstuhl, ein Fahrrad. Frau Dr. Eberhardt steuerte auf einen großen Mann in einem sehr verdreckten Overall zu, dessen Farbe gar nicht mehr zu erkennen war.

»Hallo, Heinz, wir haben hier einen Fall, den wir einschieben mussten. Wer ist noch im Dienst?«

Der Overall brummte etwas Unverständliches und deutete in Richtung Baracke. In der Tür erschien ein anderer Riese, der mit seinem wilden Bart wie Harry Potters Freund Hagrid aussah, zum Glück guckte er aber ein bisschen freundlicher als sein Kollege. Und von diesen finsteren Gestalten hing jetzt Seelchens Schicksal ab! Mir wurde ganz beklommen zumute.

Wolfs Mutter und ich wurden angewiesen, uns an den Rand

des Platzes zu stellen; wir durften zuschauen, aber nicht ins Geschehen eingreifen, auch nicht durch Zurufe oder Gesten.

Hagrid, der Uwe hieß, holte sich den Kinderwagen und schob ihn an Seelchen vorbei, schrilles Babygeschrei ertönte. Hoffentlich kein echtes Baby! Seelchen zeigte sich interessiert, sprang am Wagen hoch, wedelte aber dabei freundlich mit dem Schwanz. Er steckte seine Schnauze hinein, merkte blitzschnell, dass kein echtes Baby drin war, und bedachte uns mit einem kurzen »Sag mal, wollt ihr mich veralbern?«-Blick.

Ich war sehr erleichtert, dass er nicht mit einem zerfetzten Kassettenrecorder im Maul wieder aufgetaucht war, und lachte.

»Absolute Ruhe, bitte«, bellte Uwe mich an, und ich schwieg erschrocken.

Als Nächstes spielten Heinz und Uwe zwei Betrunkene, sie grölten und schwankten, sie schubsten sich gegenseitig, dabei stießen sie auch Seelchen mit dem Fuß an. Der knurrte ärgerlich, dann wich er einfach ein paar Schritte zurück, als sei dieses Spektakel unter seiner Würde. Ich platzte fast vor Stolz.

Nun spannte Heinz direkt neben ihm einen Regenschirm auf. Seelchen gähnte herzhaft. Jetzt musste ich doch laut lachen, es sah einfach zu komisch aus! Seelchen guckte in meine Richtung und wedelte heftig mit dem Schwanz. Auch Frau Dr. Eberhardt lachte jetzt, sie streichelte meinem Hund über den Kopf, ein gutes Zeichen?

»Frau Blume, Teil I des Wesenstests hat Ihr Hund bravourös bestanden. Jetzt bin ich gespannt, wie er sich auf der Straße verhält, wenn Sie ihn an der Leine führen!«

An der Leine führte ich Seelchen in der Regel zwar nicht, aber diese Bemerkung verkniff ich mir wohl besser. Wir gingen hinaus auf die Straße, Seelchen und ich bildeten die Vorhut, Frau Dr. Eberhardt und Frau Clausen kamen in einigem Abstand hinter uns her. Ich kam mir ziemlich albern vor bei diesem Gassigehen unter behördlicher Aufsicht und musste schon wieder kichern.

Seelchen schaute zu mir hoch und bellte ein paar Mal.

»So, du reißender Wolf, behalte deinen Schafspelz mal schön an, dann können wir hoffentlich bald nach Hause gehen und einen schönen Milchkaffee trinken«, raunte ich ihm zu.

Wir wanderten also durch Hamburgs Straßen: Ich musste Seelchen vor einer Bäckerei neben einem anderen Hund anbinden und drinnen Kuchen kaufen, wir mussten dicht an einer alten Frau vorbeigehen, die an ihren Gehwagen geklammert vor uns her schlurfte, dann wurden wir angewiesen, uns auf eine Bank an einem Kinderspielplatz zu setzen. Dort waren wir im Nu umringt von einer Horde kleiner Mädchen, die »Wie süüüß!« und »Darf ich auch mal streicheln?« um die Wette kreischten und alle versuchten, Seelchen anzufassen. Der ließ alles mit fast buddhistischer Gelassenheit über sich ergehen. Nur einmal wurde es kritisch, als ein etwas abgerissen aussehender Mann, der sichtlich deutlich über den Durst getrunken hatte, mich anlallte: »Hassu maln Euro für mich, mein Süssen?« Dabei wollte er mir seinen Arm um die Schultern legen. Seelchen war wie der Blitz dazwischengesprungen und knurrte laut, woraufhin der Obdachlose fluchend das Weite suchte. Erschrocken wartete ich auf Dr. Eberhardts Reaktion. Aber sie lächelte freundlich.

»So, ich denke, der Fall dürfte klar sein«, sagte sie. »Ihr Hund stellt keine Gefahr für die Allgemeinheit dar. Er ist ausgesprochen kinderlieb, um Ihren Nachwuchs mache ich mir diesbezüglich keinerlei Sorgen. Das Problem ist nicht der Charakter des Tieres, sondern die Tatsache, dass er sich, wie jeder mental gesunde Hund das an seiner Stelle tun würde, als Rudelführer fühlt. Sobald er den Eindruck hat, dass sein Rudel, und das sind Sie, Frau Blume, und später dann auch Ihr Baby, in Gefahr ist, wird er alles tun, um es zu beschützen. Ihre Aufgabe wird es sein, ihm klarzumachen, dass Sie das Rudel führen und er nur eingreifen darf, wenn Sie es ihm befehlen. Sonst könnte es ein wenig einsam um Sie werden«, lächelte sie, »und dazu sind Sie ja noch ein bisschen zu jung.«

Ich bekam meinen Hundeführerschein, und wir verabschiedeten uns dankbar von Frau Dr. Eberhardt, dann gingen wir zu Clausens Familienlimousine, wo der Chauffeur Otto Wilkens bei unserem Erscheinen hastig seine Bildzeitung zusammenfaltete und aus dem Wagen sprang, um erst seiner Chefin, dann Seelchen und mir den Wagenschlag aufzuhalten.

Unendlich erleichtert ließ ich mich auf die bequeme Rückbank sinken. Jetzt konnte ich die Luxusfahrt entspannt genießen; auf der Hinfahrt war ich viel zu besorgt gewesen. Schon nach hundert Metern war mir allerdings peinlicherweise klar, dass ich mich an diesen Luxus sofort gewöhnen könnte. Der Umstieg in Gockel, meinen Uraltkäfer, würde mir schwerfallen.

Eine Viertelstunde später hielten wir vor unserem Haus.

»Ich danke Ihnen, Frau Clausen, ohne Sie hätten wir es nicht geschafft«, sagte ich und wollte gerade aussteigen, als die Autotür mit Schwung aufgerissen wurde.

Herr Wilkens verbeugte sich leicht, als ich mich mit Seelchen dicht hinter mir aus dem Wagen quälte. Im Fernsehen hatte ich schon oft bewundert, wie elegant Königs oder Promis aus ihren Limousinen stiegen, erst ein Bein, dann das andere, nie war eine Laufmasche, nie ein Ansatz vom Schlüpfer zu sehen. Mir selbst fehlte diese Begabung leider völlig.

»Schaffen Sie es?« Frau Clausen hatte ihre Scheibe heruntergelassen, ihre Augen blitzten amüsiert. »Es freut mich auch, dass alles so gut geklappt hat. Auf Wiedersehen!«

Ein Lächeln, ein kurzes, fast majestätisches Winken, und mit dem satten Sound von mindestens 300 PS verschwand sie um die Ecke.

Wie es sich wohl anfühlte, so satt im Geld zu schwimmen, dachte ich flüchtig, nahm mein amtlich geprüftes, entwurmtes Seelchen auf den Arm und stieg mit ihm die Treppe hoch. Vor Igors Tür blieb ich stehen. Albern, aber mein Herz klopfte schon wieder ganz ungehörig stark. Warum war ich nur so aufgeregt? Aus schlechtem Gewissen? Weil ich an unseren Kuss denken musste? Sollte ich vielleicht klingeln? Ihm die frohe Botschaft verkünden? Wenn er die aber gar nicht froh fand? Lauter Fragen. Und keine einzige Antwort. Ich presste mein Ohr an seine Wohnungstür.

Da hörte ich von drinnen Stimmen. Igor. Und noch eine andere Stimme, eine weibliche Stimme. Wer konnte sie sein, diese sehr laute, lachende Stimme, die nach unverschämt guter Laune klang? Nach Patientin hörte sich das nicht an, verdammt!

Seelchen wurde unruhig in meinem Arm, und auch ich kam mir plötzlich albern vor, wie eine liebeskranke Idiotin an Igors Tür zu lauschen. Moment mal, rief ich mich sehr energisch zur Ordnung, ich bin nicht liebeskrank, ich bin nur ... Ach was, ich bin gar nichts.

»Komm, wir werden hier nicht mehr gebraucht«, murmelte ich und stieg mit Seelchen die Treppe hoch, zu unserer Wohnung. »Und jetzt gönnen wir beide uns einen dicken Milchkaffee, du mit und ich leider ohne einen Schuss Eierlikör«, rief ich, während ich die Tür aufschloss.

21

Und so begann sie, meine völlig ungeplante Schwangerschaft. Mein Überraschungs-Ei.

Von meiner Mutter wusste ich, dass sie ihre mit mir jede Sekunde gehasst hatte, bis aus der Eizelle in ihrem Bauch das dreitausendfünfhundert Gramm schwere, krebsrote Baby geworden war, das sie nach zwanzig Stunden Wehen endlich »ausspucken« (O-Ton Mami) konnte. Oft und nach dem Wilhelm-Busch-Motto »Gehabte Schmerzen, die hab ich gern« hatte sie mir von ihren dicken Wasserbeinen, ihren melonengroßen, schmerzenden Brüsten, ihrer ständigen Übelkeit erzählt. »Und du warst auch kein pflegeleichtes Baby«, hielt sie mir dann vor, »dein erstes Lebensjahr hast du praktisch durchgekreischt.«

Ich konnte also wirklich dankbar sein, dass ich kein Einzelkind geblieben war. Aber trotz dieser eher trüben Aussichten traf bis jetzt keine einzige auf mich zu. Meine Haut leuchtete, meine Haare schimmerten, ich hätte den gesamten Schwarzwald ausreißen können, so viel Power hatte ich. Das mussten die Energieschübe sein, von denen Igor gesprochen hatte, dachte ich wehmütig.

»Sie sind eine Bilderbuchschwangere«, lobte mich Dr. Johansson bei jeder Vorsorgeuntersuchung. »Ihr Körper ist für Kinder wie geschaffen, Frau Blume. Ich hoffe, es bleibt nicht bei einem. Das wäre direkt eine Verschwendung.«

Er hatte zwar Bedenken über meine Vollzeittätigkeit am

Flughafen geäußert, weil er meinte, ich hätte schließlich zu große emotionale Erschütterungen zu verkraften, aber ich wollte nicht Teilzeit arbeiten und den Rest des Tages zu Hause die Fussel auf dem Teppich zählen. Ich wollte unter Menschen, und obwohl ich die Fliegerei sehr vermisste, dieses »Über den Wolken sein«, die vielen Ortswechsel, die tollen Einkaufsmöglichkeiten, so machte mir doch auch das Arbeiten am Boden unerwartet viel Spaß. Fliegeratmosphäre zu schnuppern, Kerosin zu riechen, auch wenn ich jetzt ja nur Bordkarten ausstellen, Gepäck einchecken und Ansagen machen durfte. Ein bisschen neidisch war ich zwar schon manchmal, wenn meine Kollegen in Uniform erschienen, ein bisschen mit mir plauderten und dann: »Tschüs dann, ich muss jetzt los nach New York!«, riefen und im Flieger verschwanden.

Aber auf mich wartete zu Hause Seelchen, in meinem Bauch wuchs mein Wölfchen heran, und das war viel. Sehr viel.

Aber es war nicht alles. Das spürte ich jedes Mal, wenn ich abends mit Seelchen an Igors Tür vorbeiging, nachdem ich ihn bei Frau Clausen abgeholt hatte. Seine Tage verbrachte er jetzt in ihrer feinen Villa, wo er so verwöhnt wurde, dass er langsam zur fetten Bratwurst mutierte. Da ich das auch tat, regte ich mich nicht besonders darüber auf. Wir machten jeden Abend einen langen Spaziergang; abnehmen würden wir gemeinsam nach Wölfchens Geburt, das hatten wir uns fest vorgenommen. Es war schön mit uns, aber ich vermisste Igor. Seine Ruhe, seinen Tee, seine Nadeln. Und ein bisschen auch seinen Kuss. Aber nicht so sehr, dass ich die Initiative ergriffen und bei ihm geklingelt hätte.

Okay, ich gebe es zu, ein paar Mal war ich kurz davor, mein

Zeigefinger lag schon auf seiner Klingel, aber wie es das Schicksal wollte, jedes Mal hörte ich diese Frauenstimme, jedes Mal lachte sie, jedes Mal zog ich meinen Finger wieder zurück.

»Warum bin ich so eifersüchtig, Seelchen?«, fragte ich meinen Hund, wenn wir nach unserem Spaziergang unsere Milchkaffees schlabberten, die zum täglichen Ritual geworden waren. »Wenn ich diese blöde Frauenstimme höre, dann würde ich die Haustür am liebsten eintreten und ihr die Gurgel umdrehen.«

Seelchen kommentierte meine Ergüsse nicht, aber er ließ die Ohren hängen, wenn ich ihm igormäßig das Hundeohr abkaute. Richtig bedeppert sah er dann aus, richtig traurig. Aus irgendeinem Grund war dies nicht sein Lieblingsthema. Ich hätte auf tierische Eifersucht getippt, aber dazu bestand wirklich keinerlei Anlass. Er war mein ständiger Begleiter, jeden Abend saßen wir zusammen auf dem Sofa, bestaunten die neuesten Ultraschallbilder, dann kochte ich, und wir aßen zu Abend.

Anfangs hatte ich ihm noch seinen Blechnapf auf den Boden gestellt, doch irgendwann war er einfach auf die Bank gehüpft und hatte schlapperdischlapper meinen Teller leer geleckt. »Pfui, Seelchen, mach das nie wieder«, hatte ich mit ihm geschimpft, aber am nächsten Abend, ich hatte mich nur einmal kurz umgedreht, traute ich meinen Augen nicht – mein eben noch voller Spaghetti-mit-Tomatenpesto-Teller sah aus wie unberührt. Kein Fitzelchen mehr, dafür hatte Seelchen einen roten Pestobart. Und obwohl es mein Lieblingsessen war, sah mich dieser unbegreifliche Hund so flehentlich an, dass ich ihm nicht böse sein konnte.

»Na gut,« gab ich nach, »dann iss halt mit mir am Tisch, du Nervköter.«

Sein Wuff klang so glücklich, dass ich ihm sogar verzieh, meinen letzten Pestorest aus einem ansonsten mäuseleeren Kühlschrank verspeist zu haben.

»Spaghetti mit Tomatenpesto war übrigens auch Wolfs Lieblingsessen«, teilte ich ihm später mit, als wir im Bett lagen.

Ja, er lag in meinem Bett, denn auch das hatte er sich erkämpft. In kleinen, hartnäckigen Schritten. Vom Körbchen zum Sessel neben meinem Bett, vom Sessel zum Fußende, und irgendwann lag er neben mir. Da ich noch nie mit einem Hund gelebt hatte, fand ich es nicht ungewöhnlich, bis ich es meiner Mutter erzählte und sie so laut: »Bist du von allen guten Geistern verlassen? Das ist ja ekelhaft, ein Hund im Bett, und du bist schwanger! Denk doch an die Flöhe«, kreischte, dass es mir richtig im Ohr wehtat. Eine Debatte würde zwecklos sein, das wusste ich. Tiere waren ihr Trauma, seit sie als Siebenjährige ihr Meerschweinchen mit einem heraushängenden Augapfel unter ihrem Bett gefunden hatte. Die Tierärztin hatte ihn dann herausgeschnitten und das klitzekleine Meerschweinchenauge zugenäht, trotzdem war das arme, einäugige Tier zwei Tage später gestorben. Seitdem machte meine Mutter um jedes Tier, groß oder klein, einen Riesenbogen. »Ich habe eine Tierhaarallergie«, sagte sie immer. Auch Seelchen konnte sie nicht vom Gegenteil überzeugen. Wenn sie mich besuchte, sperrte ich ihn deshalb im Schlafzimmer ein.

Wie gut, dass ich diese Hundephobie nicht geerbt habe, dachte ich an diesem Abend, als ich nach einem langen Tag das Licht auf meinem Nachttisch löschte. Was wäre mir entgangen! Mein Magen knurrte, weil mein Kühlschrank leer war, morgen früh würde ich mit Seelchen auf den Wochenmarkt gehen und gesund einkaufen. Nur an den duftenden Croissants des Franzosen würde ich nicht vorbeigehen können, aber schließlich musste ich ja Wölfchen miternähren, insofern waren mittelschwere Kaloriensünden nicht nur erlaubt, sondern sogar mütterliche Pflicht.

»Gute Nacht, Seelchen«, sagte ich, aber er war schon eingeschlafen. Schade, ich hätte gern noch ein bisschen mit ihm geplaudert; er war der einzige Mensch, sorry, der einzige Hund in meinem Leben, dem ich stundenlang von Wolf erzählen konnte, ohne dass es ihn zu langweilen schien. Im Gegenteil, die Geschichte, wie wir uns kennenlernten, hatte ich ihm schon eine Million Mal erzählt, aber wir konnten beide nicht genug davon bekommen. Wenn ich beim »Und dann, Seelchen, der erste Kuss, ich dachte, ich bin im Himmel ...« angelangt war, seufzten wir beide.

Ich lag im Dunkeln, zu müde zum Lesen, zu wach zum Einschlafen. Neben mir erklang leises, melodisches Hundeschnarchen. Anfangs hatte ich ihm einmal die Schnauze zugehalten, so wie ich es mit Wolfs Nase gemacht hatte – dreimal kurz drücken! –, aber es hatte in beiden Fällen nichts genützt. Und auf einmal, ohne jede Vorwarnung, sprang mich eine derartige Sehnsucht nach Wolf an, dass ich den Druck nicht aushielt, die Decke zurückschlug und in die Küche ging.

Du hast Liebeskummer nach einem Toten, dachte ich. Gibt es etwas Traurigeres? Meine Unruhe war so groß, dass ich nicht still liegen konnte, ich brauchte Bewegung, ich brauchte Luft. Obwohl die Nacht kühl war, riss ich das Balkonfenster auf und ging barfuß auf den Balkon. Die Straße lag unter mir, ein paar vereinzelte Autos leuchteten wie Glühwürmchen.

»Verdammt!«, rief ich in die Nacht, und spürte, wie meine Augen feucht wurden, wie mir die Tränen übers Gesicht liefen. »Warum bist du gestorben, du Idiot? Warum hast du mich allein gelassen? Wir hatten doch alles noch vor uns. Das ganze Leben. Ich hasse dich dafür. Ich hasse dich!«

So sehr war ich in meinen Schmerz vertieft, dass ich das weiche, warme Hundefell an meiner rechten Wade erst bemerkte, als eine Etage über mir das Licht anging und eine Stimme: »Ruhe da unten!«, rief.

Ich drehte mich um und streichelte Seelchens Kopf. »Tut mir leid – hab ich dich geweckt?«

Er winselte leise.

»Ich hab plötzlich Wolf so wahnsinnig vermisst, dass mir richtig das Herz wehtat. Kannst du das verstehen?«

Mir wurde erst bewusst, wie selbstverständlich ich meinen Hund vermenschlichte, als ich mich dabei ertappte, auf seine Antwort zu warten. Als ich: »Kannst du das?« wiederholte, mich zu ihm hinunterbeugte und wir uns ansahen. Und ich ganz tief in seinen Augen etwas entdeckte – eine Zustimmung, ein Verständnis, ein Erkennen –, das mich so tröstete wie nichts sonst auf der Welt.

»Ich bin so froh, dass ich dich habe«, flüsterte ich endlich. »Wolf muss dich mir vom Himmel geschickt haben …«

Irgendwann schlief ich wieder ein. Und in dieser Nacht hatte ich einen Traum. Einen schrecklichen Traum. Ich war mit Wolf in Dubai, Hand in Hand gingen wir über den Markt, probierten hier ein paar Maulbeeren, da ein paar frische Datteln, schnüffelten an den Gewürzen, wir waren verliebt, die Welt war wunderschön. Wir küssten uns, ich spürte seine weiche Zunge auf meinen Lippen, da brach er plötzlich zusammen, Blut lief aus ihm heraus, viel Blut, er lag am Boden, ich beugte mich über ihn und versuchte, mit einem Taschentuch das Blut zu stoppen, aber es war zu viel Blut. Er wurde immer blasser, immer schwächer ... Ich schrie: »Verlass mich nicht, Wolf, ich kann ohne dich nicht leben!«

Ich schrie so laut, dass ich davon aufwachte. Einen Moment lang wusste ich nicht, wo ich war. Im Dunkeln leuchteten zwei weiße Augäpfel, die mich unverwandt anstarrten.

»Wolf?«, murmelte ich verwirrt und traumbefangen. »Seelchen?«

Stille. Ein Gedanke stieg plötzlich in mir hoch, klar und schwer und unausweichlich. »Bist du Seelchen, Wolf?«, fragte ich. »Habt ihr, seid ihr ... eine Seele?«

In diesem Moment, der Vollmond kam draußen hinter einer Wolke hervor, so dass es im Zimmer plötzlich sehr hell war, hätte ich schwören können, dass neben mir im Bett Wolf saß. Es war, als sähe ich ihn mit einem inneren Paar Augen. Ja, dort im Bett war ein Hund, mein Hund, aber dennoch war es Wolf. Ich war mir ganz sicher, und es war nicht einmal merkwürdig. Wie bei einem Puzzlespiel fügten sich alle Teile plötzlich zusammen und ergaben ein Bild, meine Gefühle und Ahnungen, Seelchens oft so unhündisches Verhalten, sogar seine brutale Attacke auf Igor, alles ergab auf einmal einen Sinn.

»Also so ist das!«, murmelte ich. »Das ist ja ein Ding! Deine Seele ist einfach weitergewandert. Und steckt jetzt in Seelchen. Stimmt das, Wolf? Sag es mir! Sofort!«

Wolf lachte nur. Das heißt, eigentlich bellte er eher. Ich zog ihn zu mir und nahm ihn in meine Arme, es fühlte sich an wie Fell, es war Fell, aber gleichzeitig wusste ich, dass das Wolf war, den ich da an mein Herz drückte, und ich war einfach nur unsagbar glücklich.

Lange Zeit waren wir ganz still, keiner sagte etwas, keiner bewegte sich, wir genossen einfach das wundervolle Glück, uns wiedergefunden zu haben, einander nahe zu sein.

Irgendwann murmelte ich Wolf in seine Fellohren: »Ich hätte dich so gern geheiratet, das haben wir leider nicht mehr hingekriegt. Deine Mutter wird kein legales Enkelkind von uns bekommen können!«

Da sprang mein kleiner Hund aus dem Bett, lief zum Kleiderschrank und kratzte wie verrückt an der Tür.

»Was ist denn? Was hast du bloß, du närrischer Köter!« Ich war aus dem Bett gestiegen und machte die Schranktür auf.

Seelchen drängte mich zur Seite, sprang an dem Pulloverfach hoch und wühlte seinen Kopf hinein, dann tauchte er wieder auf, in der Schnauze hielt er ein kleines Päckchen. Er wackelte heftig mit dem Schwanz, kam zu mir und ließ das Päckchen vor meine Füße fallen. Ich hob es auf, mein Herz klopfte so schnell, dass man die einzelnen Schläge gar nicht mehr unterscheiden konnte. Es war ein Schmuckkästchen. Ich ließ mich auf der Bettkante nieder, ich war so aufgeregt, dass meine Beine ganz weich geworden waren. Mit zitternden Händen öffnete ich das Kästchen.

Ein Ring. Ein wunderschöner Ring. Schlichtes Weißgold mit einem einzigen strahlend blauen Saphir, so blau wie Wolfs Augen. In diesem Moment fiel ein Mondstrahl direkt auf den Stein, er leuchtete auf und nahm mir mit seiner Vollkommenheit fast den Atem. Fassungslos starrte ich auf den Ring. Dann auf Wolf. Er kam näher, stupste mich ans Knie, dann bellte er einmal kurz und stupste sacht den Ring in meiner Hand an. Ich schaute genauer hin, es war etwas eingraviert, die Schrift verschwamm vor meinen Augen, als ich gelesen hatte, was es war:

IMMER DEIN WOLF

»Ist das unser Ehering, Wolf?« flüsterte ich. Kein Wort, kein Wuff, er sah mich nur an. Unverwandt. Voller Liebe. Ich steckte den Ring an meinen rechten Finger und sagte: »Ich werde dich lieben und ehren, bis dass …«, kurz zögerte ich, »… bis dass der Tod uns scheidet.«

22

Ich hatte keinerlei Zweifel mehr, dass Wolf wieder bei mir war, mir war allerdings genauso klar, dass kein Mensch mir diese Geschichte glauben würde. Ich selbst hätte sie auch niemandem geglaubt. Man würde sich nur unnötige Sorgen um meinen Geisteszustand machen. Man würde mir womöglich Seelchen doch noch wegnehmen! Kurz, ich beschloss, niemandem ein Wort von meiner sensationellen Entdeckung zu verraten.

Das hatte natürlich zur Folge, dass ich mich bei meiner Familie und meinen Freunden ein bisschen rar machte, denn es fiel mir sehr schwer, Wolf wie einen ganz normalen Hund zu behandeln, was ich selbstverständlich tun musste, sobald andere Menschen anwesend waren.

Einsam fühlte ich mich aber nicht. Tagsüber arbeitete ich weiter am Flughafen, wo ich jetzt oft zu hören bekam, dass ich wieder viel besser aussehen würde, erholter, glücklicher, ich schiene Wolfs Tod ja allmählich verkraftet zu haben. Ich lächelte dann nur, wies vage auf meinen Bauch, was in der Regel ein verständnisvolles Nicken hervorrief – natürlich, in mir wuchs Wolfs Vermächtnis, das erklärte vieles.

Nach der Arbeit holte ich Wolf bei seiner Mutter ab, er schien sich bei ihr wohler zu fühlen als zu seinen Zeiten als Mensch, und auch sie schien ihn immer nur ungern wieder herzugeben.

»Tschüs, mein Herz, und morgen kommst du wieder«, sagte sie jedes Mal, wenn ihre Haushälterin die Leine brachte, wuschelte seinen Kopf, beugte sich zu ihm hinunter und flüsterte ihm etwas ins Ohr.

»Was sagt sie dir immer zum Abschied?«, hatte ich ihn schon oft gefragt, aber er verweigerte jede Auskunft.

Danach fuhren wir nach Hause, tranken unseren inzwischen obligatorischen Milchkaffee zusammen, dann gingen wir an der Alster spazieren, stöberten durch die Auslagen sämtlicher Babyausstatter und waren uns selbst genug.

Beim Thema Kinderwagen konnten wir uns lange nicht einig werden. Ich wollte sparsam sein und hatte mich für ein preisgünstiges Modell entschieden, aber damit war Wolf nicht einverstanden. Die Verkäuferin, eine forsche Brünette, erklärte uns: »Der Bezug ist abnehmbar, man kann ihn waschen. Ich hatte für meine zwei auch dieses Modell, aber bei mir wurde im Kinderwagen nichts gegessen, keine schmierigen Keksorgien, keine klebrigen Patschpfoten. Kinder sollten sich früh an feste Zeiten für ihre Mahlzeiten gewöhnen, und dann hält der Bezug ewig.«

Wolf bellte entsetzt, er schien liberalere Erziehungsvorstellungen zu haben, lief zielstrebig zu seinem Favoriten, einem schnittigen Sportmodell, das allerdings das Doppelte kostete.

Die Verkäuferin witterte Umsatz, deswegen murmelte sie nur leise, dass man Hunde und Kinder frühzeitig erziehen solle, erläuterte uns dann aber die Vorzüge des anderen Modells: »Dies ist ein Wagen, den besonders die Papis gern wählen, denn der Wendekreis ist besonders klein und ...«

Ich gab nach, denn er war ja nun mal der Papi, auch wenn ich das der Brünetten nicht auf die Nase binden würde.

In der Praxis von Dr. Johansson hatte ich eine Ausnahmeregelung erwirkt und durfte Seelchen, wie er dort natürlich weiterhin hieß, mit in das Behandlungszimmer nehmen, wenn ich einen Vorsorgetermin hatte. So saß er still in einer Ecke, wenn ich untersucht wurde, er knurrte auch meinen Arzt nie an, denn das wäre natürlich das Ende jeder Vorzugsbehandlung gewesen.

Auf dem Ultraschallbildschirm die Umrisse Wölfchens jedes Mal größer werden zu sehen, seine Herztöne schlagen zu hören und zu wissen, dass Wolf dies alles mit mir teilen konnte, war wunderschön. Es söhnte mich mit dem Kummer der letzten Monate aus, und ich verdrängte jeden Gedanken an die Zukunft. Dies war mein maßgeschneiderter Trostplan vom lieben Gott, ein großes Geschenk, das ich einfach nur annehmen und nicht durch Fragen und Zweifel kaputt machen wollte.

Wieder einmal saßen wir gemütlich in unserer Küche, vor uns unseren Milchkaffee – ich hatte für Wolf ein bisschen Zucker auf den Schaum gestreut – und betrachteten gemeinsam das neueste Ultraschallbild unseres Nachwuchses. »Guck mal, Dr. Johansson hatte recht, hier kann man den kleinen Schniedel erkennen, es ist wirklich ein Junge!«, sagte ich, und Wolf bellte leise. »Ja, ich weiß, dass du das schon immer gewusst hast. Aber es schwarz auf weiß zu sehen ist doch trotzdem spannend, oder?«

Da klingelte es an der Tür. Wer konnte das sein? Wir erwarteten keinen Besuch. Seelchen war zur Haustür gelaufen und schnüffelte am Briefschlitz. Ich kam ihm nach, schob ihn zur Seite und öffnete. Draußen stand Igor. Mein Herz klopfte ein bisschen schneller, ich hatte ihn in den letzten Wochen kaum gesehen, und wenn, dann hatten wir einander nur flüchtig gegrüßt. Er sah gut aus, auch wenn er dünner zu sein schien, als ich ihn in Erinnerung gehabt hatte.

»Hallo, Steffi, ich – ich habe dich vermisst. Darf ich reinkommen?«

Ich warf einen schnellen Blick auf Wolf, denn sosehr ich Igor auch vermisst hatte, auf keinen Fall wollte ich wieder so ein Fiasko erleben wie vor einigen Wochen. Keinerlei Bedarf an weiteren Dramen. Mein Hund blickte zwar wachsam auf unseren Nachbarn, knurrte aber nicht, und so wagte ich es, Igor in die Wohnung zu bitten.

Wir ließen uns in der Küche nieder, Seelchen sprang zum Glück nicht auf seinen Stuhl, sondern setzte sich auf den Boden, dicht an mein Bein geschmiegt.

»Und, wie geht's dir so?«, fragte ich verlegen.

»Ganz gut.« Er hielt seine Hand hoch. »Ist zum Glück schon recht gut verheilt.«

Schuldbewusst schaute ich mir die dunkelroten Narben an, die kreuz und quer über sein Handgelenk verliefen. »Igor, es tut mir so schrecklich leid ...«

Er unterbrach mich sofort. »Lass gut sein, Steffi, deine Schwiegermutter war sehr großzügig, und die Heilung verläuft besser als befürchtet. Wolf und du, ihr wart immer gute Nachbarn. Ich möchte einfach wieder in Frieden mit dir leben, dir helfen, wenn du mich brauchst. So wie ich es versprochen hatte – das bin ich auch Wolf irgendwie schuldig.«

Er richtete seinen Blick auf Seelchen. »Und mit dir möchte ich auch keinen Streit mehr. Wollen wir das Kriegsbeil begraben, was meinst du?«

Seelchen erwiderte Igors Blick, machte aber keinen Mucks.

»Na, begeistert siehst du ja nicht gerade aus«, scherzte Igor.

»Können wir uns denn wenigstens darauf einigen, dass du mich nicht mehr beißt?«

Wenn du wüsstest, was du da gerade von Wolf verlangst, dachte ich. Er kann ja nicht aus seiner Haut, er muss Hund bleiben, kann mich nie wieder umarmen, nie wieder küssen, obwohl ich sein Kind erwarte und die Liebe seines Lebens bin.

Zu meiner unendlichen Erleichterung erhob sich Wolf, ging auf Igor zu und leckte ihm über die verletzte Hand. Sanft und versöhnlich.

Igor lachte leise: »Ein bisschen unheimlich ist er mir schon, dein Köter, er scheint jedes Wort zu verstehen. Und wie er dich anschaut, wie ein verliebter Verehrer.«

Ich lachte, während ich spürte, wie sich mein Herz schmerzhaft zusammenzog. Eine Herz-Wehe sozusagen.

»Er mag mich halt«, brachte ich etwas mühsam heraus, »und ich ihn genauso. Wir haben uns sehr aneinander gewöhnt.«

Igor grinste, und wenn er das tat, dann vertieften sich rechts und links um seine Mundwinkel zwei total niedliche Grübchen. Ein Spruch meiner Mutter fiel mir ein: »Auch andere Mütter haben hübsche Söhne.« Damit hatte sie mich bei akutem Liebeskummer vergeblich zu trösten versucht. Aber wenn ich mir Igor so betrachtete, musste ich zugeben, dass sie recht hatte. Dieser Russe sah verdammt schnuckelig aus.

Wuff, machte Wolf, der meinen Blick richtig deutete.

Schuldbewusst zuckte ich zusammen. Wie geschmacklos von mir, vor den Augen meines Mannes einen anderen zu beglubschen. Auch wenn er nur ein Hund war. Nur ein Hund?

»Steffi, darf ich dich ... sorry, ich meine natürlich euch heute zur Feier unserer Versöhnung zum Essen einladen? Es gibt eine russische Gemüseplatte à la Igor, und ich habe noch einen Überraschungsgast eingeladen, eigentlich sogar zwei. Na, was meinst du?«

Überraschungsgast klang gar nicht gut, wahrscheinlich war dieser Gast blond und blöd, mit Beinen bis zum Himmel und Körbchengröße Doppel D. Und sehr wahrscheinlich hatte er dieses blöde Lachen, das so oft aus seiner Wohnung kam. Aber ich wollte Igor nicht gleich wieder enttäuschen, also nahm ich die Einladung an. Und verbrachte den Rest des Nachmittags mit völlig sinnlosem Grübeln.

Warum hatte Igor sie eingeladen – wollte er nicht mehr mit mir alleine sein? Der Gedanke tat mir weh, ich spürte einen kleinen eifersüchtigen Stich, zu dem ich kein Recht hatte, wie ich mich selbst sofort ermahnte. Wolf schien auch nicht so recht glücklich über unsere Abendeinladung zu sein, er hatte sich unter dem Wohnzimmertisch zusammengerollt und benahm sich wie ein Hund.

»Du führst dich auf wie eine beleidigte Leberwurst.« Es war mühsam, aber ich schaffte es, ächzend vor ihm in die Knie zu gehen. Für das, was ich ihm sagen musste, brauchte ich uns auf Augenhöhe. »Schau mich bitte an, Seelchen«, verlangte ich, bewusst seinen Hundenamen verwendend. Ich hatte das Gefühl, dass es besser war, sich langsam daran zu gewöhnen.

Er hob den Kopf.

»Es ist doch gar nichts passiert«, sagte ich leise, »und deinen Platz kann sowieso niemand einnehmen. Niemand. Das weißt du doch, oder?«

Wuff, machte Seelchen, ein trauriges Wuff.

Es legte sich auf meine Seele wie ein fieser, spitzer Stein. Ich liebte ihn so, dass ich für ihn sterben würde. Aber er war ein Hund.

»So, und jetzt gucken wir mal, ob ich noch ein Zweimannzelt finde.« Unschlüssig stand ich vor meinem Kleiderschrank. Ich war inzwischen so rund geworden, dass mir außer meinen gemütlichen Schlabberklamotten nichts mehr passte. Ich war gerade dabei, fluchend in einem Stapel Pullover herumzuwühlen, als Wolf hereinkam und anklagend bellte.

»Tut mir leid, du hast natürlich recht, es ist eigentlich egal, wie ich aussehe. Aber wer weiß, wer da kommt, da will ich mich doch ein bisschen hübsch fühlen!«, verteidigte ich mich.

Wolf knurrte nur.

Seufzend griff ich zu einer Umstandsbluse, die mir meine Kollegin Maja geliehen hatte, und quälte sie über meinen Kugelkörper. »Gefall ich dir?«

Kein Bellen.

»Besser geht's leider nicht, Seelchen«, erwiderte ich beleidigt und zog mir die Lippen nach. Knallrot. Jetzt extra. Die Konkurrenz schläft leider nicht.

Für meine Verhältnisse pünktlich, also nur etwa eine Viertelstunde zu spät – mir war im letzten Augenblick der Lippenstift abgerutscht, was ich mit einem dicken roten Strich quer durch mein Gesicht bezahlte, der erst einmal wieder entfernt werden musste –, klingelten wir an Igors Tür. Wir hörten schnelle Schritte näher kommen, und ich verdrängte energisch die Erinnerung an meinen letzten Besuch in dieser Wohnung.

Igor öffnete und strahlte uns an. »Kommt rein, wir warten schon!«

Im Wohnzimmer stand, ein Glas Prosecco in der Hand – Emmi. Meine Fast-Schwägerin, blond und überhaupt nicht blöd.

Sie lachte, kam mit offenen Armen auf mich zu und drückte mich an sich. »Hallo, Süße, du hast dich dermaßen rar gemacht, da muss man ja Intrigen spinnen, um dich zu Gesicht zu kriegen! Wo du doch meine Verwandtschaft im Bauch spazieren trägst!« Dann senkte sie die Stimme und flüsterte mir ins Ohr: »Ich hoffe, es ist in deinem Sinne, aber ich habe den armen Igor während der letzten Wochen ein bisschen getröstet, er war ja völlig am Boden zerstört nach dem, nennen wir es einfach Unfall!« Damit richtete sie ihre Aufmerksamkeit auf Seelchen, der freudig an ihr hochsprang und ihr über die Nase leckte. »Hey, lass das bleiben, das hat mein Bruder früher als Kind immer gemacht, wenn er mich ärgern wollte!« Erschrocken hielt sie inne, aber ich lachte nur. Wenn du wüsstest, dachte ich wieder einmal, wenn du wüsstest.

Der andere Gast war Emmis Hündin Fiffina, die sich sofort schwanzwedelnd an Wolf, sorry, an Seelchen heranpirschte und ihm von da an nicht mehr vom Fell wich.

Der Abend wurde sehr lustig. Das Essen war köstlich, Igor konnte richtig gut kochen, und er hatte sich sehr angestrengt, um uns zu beeindrucken. Igor und Emmi tranken einige Gläser Wein, was ich etwas neidisch zur Kenntnis nahm, aber auch ich war so entspannt und gelöst wie schon lange nicht mehr in menschlicher Gesellschaft. Ich merkte jetzt erst, wie sehr ich meine Freunde vermisst hatte, und zum Glück schien auch Wolf den Abend zu genießen. Er lauschte den Geschichten seiner Schwester, die wieder einmal einige Anekdoten aus der Kindheit zum Besten gab, und entblößte nur manchmal sein scharfes Gebiss, wenn Fiffina zudringlich wurde. Igor und Emmi gingen sehr vertraut miteinander um, sie schienen sich oft getroffen zu haben in den vergangenen Wochen. Ich sagte mir, dass das eine erfreuliche Entwicklung war, aber leider war ich trotzdem ein kleines bisschen eifersüchtig, was ich mir selbst kaum eingestand. Igor legte jetzt Musik auf, sehnsüchtige Klänge erfüllten das Zimmer. Er schaute mich an. »Darf ich bitten? Ein kleiner Versöhnungstanz?«

Ich erhob mich, aber mein üppiger Bauch war mir plötzlich unangenehm bewusst und nahm mir jede Lust auf Körperkontakt, auch wenn es nur ein harmloser Tanz war.

»Ich kann nicht, ich bin zu fett«, seufzte ich.

»Du bist gar nichts«, sagte Igor und nahm mich in die Arme.

Ganz kurz schloss ich die Augen, er roch einfach zu gut, dieser Russe. Nach Wiesenkräutern und Männerhaut. Und, Mann, fühlte er sich gut an! Viel zu gut für eine Frau mit solch komplizierten Familienverhältnissen, dachte ich, und dann fühlte ich Emmis und Seelchens Augen auf uns gerichtet, und etwas verlegen schob ich Igor von mir.

»Mir ist ein bisschen schwindelig – die Schwangerschaft, du weißt schon ...«, murmelte ich.

Igor nickte verständnisvoll, aber er sah enttäuscht aus, als wir uns kurz darauf verabschiedeten. Als ich die Haustür hinter mir schloss, hörte ich wieder dieses laute, fröhliche Lachen, von dem ich nun wusste, dass es Emmis war. Was mich aus unerfindlichen Gründen nicht beruhigte. Denn sie war dünn, und ich war dick. Sie war Single, und ich wurde Mutter. Mit ihr konnte er Spaß haben, bei mir würde er stinkige Babywindeln wechseln müssen. Aber mit mir hatte er getanzt!

23

Von nun an sahen Igor und ich uns wieder ein bisschen öfter. Wir bemühten uns beide um ein nettes, nachbarschaftliches Verhältnis, aber es war immer ein bisschen Unsicherheit, ein bisschen Spannung dabei, sodass ich es meistens vorzog, meine Freizeit mit Seelchen allein zu verbringen.

Als Emmi mit einem duftenden Zitronenkuchen »Gruß von Louise« bei mir vor der Tür stand, klärten wir das Thema Igor noch während des ersten köstlichen Kuchenstücks.

»Läuft da was zwischen euch?«, fragte ich ganz beiläufig, und als sie: »Wieso interessiert dich das?«, zwischen Kuchenkrümeln hervormurmelte, da zuckte ich nur lässig mit den Schultern: »Nur so. Also?«

Sie schüttelte energisch den Kopf, das reichte mir. Das musste mir leider reichen. Ich hatte wirklich kein Recht auf mehr Informationen. Mehr als einmal war ich kurz davor, sie in unser Geheimnis einzuweihen, aber ich konnte mich jedes Mal beherrschen. Denn meist schaute Emmi anschließend noch bei Igor vorbei, bei dem sie eine Akupunkturbehandlung angefangen hatte, und das hielt mich immer wieder davon ab, mich ihr ganz anzuvertrauen.

Ich versuchte es wirklich, aber es war einfach sauschwer, in Seelchen einfach nur einen ganz normalen Hund zu sehen. Wenn er neben mir auf dem Sofa saß und ich meine Augen schloss, dann fühlte ich Wolf neben mir. Dann vergaß ich einfach, dass er kein Mensch mehr war, denn wir hatten eine Methode der Verständigung entwickelt, die fast so gut funktionierte, als könnte Wolf wirklich reden. Ich sagte etwas, dann antwortete ich für ihn; an seinem Verhalten oder seinen leisen Bell- oder Knurrlauten erkannte ich, ob meine Antwort in seinem Sinne war, wenn nicht, korrigierte ich sie, bis sie stimmte. Auf diese Weise führten wir lange Gespräche, wir kuschelten uns vor dem Fernseher zusammen – meistens gab er nach, was die Auswahl des Programms betraf –, und ich kochte für uns. Am allerschönsten waren die Momente, wenn er seinen Kopf auf meinen Bauch legte, um dem Herzschlag seines Sohnes zu lauschen. Dann war ich rundherum glücklich.

So gingen die Wochen ins Land, der Frühling ließ einem für Hamburg erstaunlich freundlichen Sommer den Vortritt.

Dr. Johansson hatte den achten August als Geburtstermin ausgerechnet. Zum Geburtsvorbereitungskurs konnte ich Wolf leider nicht mitnehmen, und oft verdrängte Neid kurz meine Glücksgefühle über unser Kind, wenn ich die anderen Mamas beobachtete, denen die Papas den verspannten Rücken massierten oder gemeinsam mit ihnen diese alberne Hechelatmung übten, die mein Kindsvater perfekt beherrschte, was uns leider aber gar nichts nützte.

»Soll ich mitkommen?«, hatte Igor gefragt, als ich mich bei einer Tasse Kräutertee an seinem Küchentisch von einer besonders anstrengenden Session erholte. Ich lehnte dankend ab – ich wusste, Wolf wäre *not amused.*

Inzwischen war ich im Mutterschutz, das heißt, ich arbeitete nicht mehr. Man hatte mich gefragt, ob und wann ich wieder für Flugeinsätze zur Verfügung stehen würde, aber diese Entscheidung hatte ich erst einmal vertagt. Ich war jetzt so dick geworden, dass ich kaum noch die drei Stockwerke zu unserer Wohnung hinaufsteigen konnte, ohne alle paar Stufen eine Verschnaufpause einzulegen. Der Gedanke, dass ich jemals wieder in meine Uniform und durch die schmalen Gänge eines Flugzeugs passen würde, war so unvorstellbar, dass ich mich jetzt lieber ganz auf das Wichtigste konzentrieren wollte, und das war mein Sohn.

Wolfs Sohn. Unser Baby.

Und dann, eines frühen Abends im Bett, träumte ich von einer Insel in der Karibik. Ich lag am Strand, Igor, Emmi und Seelchen bauten eine Sandburg, dann ging ich ins Wasser, um zu schwimmen. Herrlich, dieses warme Wasser ...

Ich wachte auf von Seelchens aufgeregtem Bellen. Er zerrte an meiner Decke, und ich spürte, dass ich in einer großen, feuchten Pfütze lag. Es dauerte ein paar Sekunden, dann wurde mir klar, was das bedeuten musste: Meine Fruchtblase war geplatzt! Die Hebamme hatte uns erklärt, dass man in einem solchen Fall nur liegend transportiert werden darf, sonst gefährde man das Baby. Was sollte ich jetzt tun? Ich konnte in diesem Zustand nicht am Steuer sitzen, Seelchen war auch keine Option – wir brauchten Hilfe.

Ich hatte noch nicht zu Ende nachgedacht, da war Seelchen schon an der Tür und bellte sich die Seele aus dem Leib. Er kratzte wie wahnsinnig an der Haustür, dann musste er sie irgendwie aufbekommen haben, jedenfalls klang sein Bellen jetzt leiser, er schien auf dem Weg nach unten zu sein.

Kurz darauf erschien Igor an meinem Bett. Er war ganz ruhig, wieder einmal mein Fels in der Brandung.

»Steffi, keine Panik, alles wird gut. Hast du schon Wehen?«

Hatte ich? Ich lauschte kurz in mich hinein – nein, richtig weh tat noch nichts, ich gab Entwarnung.

»Gut, die werden aber bald einsetzen, wenn das Fruchtwasser abgegangen ist. Wo hast du frische Wäsche? Dein Nachthemd trieft ja vor Nässe. Das sollten wir eben noch wechseln, dann fahre ich dich in die Klinik. Ich werde dich tragen, du musst jetzt liegen bleiben. Seelchen, du kommst mit, aber du darfst nicht mit hinein ins Krankenhaus. Nein, es gibt keine Ausnahme. Auch für dich nicht. Hast du das verstanden?«

»Diesen Weg muss ich jetzt allein gehen. Ohne dich«, erklärte ich Seelchen alias Wolf, als er mich immer wieder anstupste.

Er sah so traurig aus! Das Herz wurde mir schwer bei diesem Anblick, aber da krampfte sich mein Bauch zusammen. Ein so schlimmer Schmerz, als hätte man mir ein Messer hineingestoßen, nahm mir den Atem und ließ keinen Raum mehr für Bedauern, Mitleid oder Scham, dass Igor mich in diesem unwürdigen Zustand sah. Dieser Schmerz war totalitär, und ich vergaß alles andere. Die Welle ebbte ab.

Igor lächelte. »Es geht los. Steffi, du schaffst das. Du bist nicht allein.« Damit hob er mich hoch, trug mich aus der Wohnung, die Treppen hinunter nach draußen. Zu seinem Wagen. Er legte mich auf die Rückbank, und ich spürte eine weiche Hundeschnauze an meiner Hand, als mich die zweite, riesige Schmerzwelle ergriff.

Die nächsten Stunden waren beherrscht von diesen Wellen, die in immer kürzer werdenden Abständen über mich hinwegbrandeten, die immer intensiver wurden, sodass ich nicht mehr hätte sagen können, wann die eine abebbte und die nächste heranrollte.

Ich lag im Kreißsaal; da war eine Hebamme, vielleicht auch

ein Arzt, ich könnte es nicht mehr sagen. Aber da war auch Igor. Ich klammerte mich wie eine Ertrinkende an ihn, wenn ich Angst hatte, in diesem Meer von Schmerzen unterzugehen. Seine Augen waren immerzu auf mich gerichtet, seine warme Stimme klang ruhig und tröstlich.

Irgendwann kam dann Wölfchen. Eine letzte, schier übermenschliche Anstrengung, die Hebamme rief: »Ich kann die Haare schon sehen, schwarze Haare, einmal noch schieben!«, dann war er da. Die Hebamme legte mir das kleine, blutbeschmierte Wesen auf den Bauch.

Ich sah in dieses winzige, von Anstrengung gezeichnete Gesichtchen, sah die perfekten Fingerchen meines Kindes, unseres Kindes, und wie eine letzte Flutwelle überschwemmte mich ein gigantisches Gefühl des Beschützenwollens, der Liebe, des unendlichen Glücks, und ich wusste, dass ich für dieses kleine Wesen töten könnte, dass nichts jemals wieder so wichtig für mich sein würde wie dieser kleine Mensch und sein Wohlergehen.

Wir wurden dann versorgt – widerwillig musste ich Wölfchen zur ersten Untersuchung dem Arzt überlassen –, dann wurden wir auf die Wöchnerinnenstation verlegt. Ich hatte Glück, das zweite Bett im Zimmer war nicht belegt, sodass ich mein Glück ganz ungestört genießen konnte.

Igor war bei mir geblieben. »Na, du tapfere Löwenmutter? Ich gratuliere dir von ganzem Herzen!« Er beugte sich über mein Bett und gab mir einen Kuss.

Da fiel mir ein, dass jemand fehlte, die Hauptperson. »Igor, wo ist …«, setzte ich an, aber ich musste den Satz nicht zu Ende sprechen.

»Dein Hund? Er ist aus dem Wagen gesprungen, als ich dich hier abgeliefert habe, danach …«

In dem Moment hörten wir ihn bellen.

Igor trat ans Fenster, wir waren im ersten Stock, draußen war es inzwischen hell geworden. »So ein schlaues Viech! Da sitzt er, ich kann ihn sehen!«, sagte Igor.

Ich war zu erschöpft, um aufzustehen, konnte auch aus meiner liegenden Position nicht sehen, was draußen vor sich ging. »Igor, hier, nimm Wölfchen, und zeig ihn seinem ... zeig ihn Seelchen«, sagte ich und reichte Igor meinen Sohn.

»Ich hatte vergessen, wie winzig man in diesem Stadium noch ist«, lachte er, nahm das Baby vorsichtig entgegen, ging zum Fenster und hielt es hoch.

Von draußen kam ein lang gezogener, wehmütiger Ton, es klang wie ein Wolfsheulen. Es war ein Klagelaut, aber ein bisschen Triumph schwang auch mit, und dieser Ton ging mir durch und durch.

Ich schloss die Augen und lauschte. Danke, Wolf, dachte ich, danke, dass du mir dieses wunderschöne Wölfchen geschenkt hast.

»Wie soll er eigentlich heißen, der kleine Kerl?«, fragte Igor und legte ihn zurück in meine Arme. Er war noch so neu und doch schon so unendlich vertraut.

»Er heißt Wolf-Matthias Blume. Wie gefällt dir der Name?« Er war mir genau in diesem Moment eingefallen.

Igor lächelte. »Genehmigt, Chefin.«

Ich lächelte zurück, knochentief erschöpft, aber so glücklich wie schon lange nicht mehr. »Nimm bitte Seelchen mit«, bat ich ihn, »er wird dir nichts mehr tun, das verspreche ich dir.«

Ein kurzes Winken, er war draußen.

Du hättest mich ruhig zum Abschied küssen können, dachte ich, bevor wir beide einschliefen. Mein Wölfchen und seine Mama.

24

Drei Tage später waren wir wieder zu Hause. Ein neues Leben begann, eins, das diktiert wurde von Wölfchen und seinen Bedürfnissen, alles andere spielte im Moment keine Rolle. Irgendwelche Gedanken um mein kompliziertes Liebesleben machte ich mir nicht, denn ich war vollauf damit beschäftigt, Wölfchen gefühlte fünfundzwanzig Mal pro Tag und Nacht zu stillen, zu wickeln, zu trösten, seine winzige Perfektion zu genießen.

Igor war oft bei uns: Er kaufte ein, er kochte für uns, er führte Seelchen aus. Meine Eltern und meine Schwestern besuchten uns, auch Emmi und Frau Clausen kamen vorbei. Igor übernahm dann meist die Rolle des Gastgebers. Wolf mochte es nicht besonders, wenn Besuch kam, denn dann durfte er nicht bei Wölfchen im Bettchen liegen – ich wollte mir keine Vorträge über Babyhygiene anhören müssen.

Die Tage und Nächte wurden zu Wochen, zu Monaten, die Zeit maß ich an Wölfchens Wachsen und Zunehmen. Und dann war wieder erster Advent, der Schneemann kam.

Einen Tag vor Weihnachten lag die Stadt wie unter einer dicken, weißen Bettdecke. Man konnte kaum die Hand vor Augen sehen, so dicht wirbelten die Schneeflocken. An Hinausgehen war nicht zu denken, mein Kinderwagen stand unbenutzt im Hausflur. Zum Glück liebte mein Russe arktische

Temperaturen. Mein Kühlschrank war deshalb voll, auf meinem Adventskranz steckten dicke, rote Kerzen, und mein Schneemann bewachte einen Weihnachtsteller mit einem Riesenberg Vanillekipferl, die meine Mutter mir geschickt hatte. Auch ein paar dicke Salamiwürste für Seelchen waren dabei, den sie inzwischen sogar manchmal am Ohr kraulte.

Zum ersten Mal in diesem Jahr hatte ich den Kamin angezündet und Igor zum Adventstee eingeladen. Wölfchen schlief, ich deckte den Tisch, doch wo war Seelchen? Mir fiel auf, dass ich ihn schon seit ein paar Stunden nicht gesehen hatte.

»Seelchen, sag mal Piep«, rief ich, wieder und wieder, während ich durch alle Zimmer ging, unter Bett, Sofa und alle Schränke guckte. Nirgendwo ein Seelchen. Langsam wurde ich unruhig. Er war doch nicht etwa nach draußen gelaufen und steckte jetzt im Schnee fest? Erfror gerade erbärmlich, während ich ahnungslos den Christbaumschmuck herausholte? Ein furchtbarer Gedanke. »Seelchen, komm raus! Jetzt sofort! Wolf, wo bist du?«, schrie ich, obwohl ich mir fest vorgenommen hatte, ihn nicht mehr so zu nennen.

Es klingelte.

Ich riss die Tür auf. »Igor, ich bin verzweifelt, ich ...« Da sah ich den kleinen Sünder, er stand neben Igor, sein kleiner Schwanz wedelte vergnügt hin und her.

»Er hat einfach an meiner Tür gekratzt«, grinste mein Nachbar, »und dann ist er hereingekommen und hat sich bei mir umgesehen, in jedem Zimmer hat er in allen Ecken herumgeschnüffelt. Sah zu komisch aus. Hast du eine Ahnung, was er bei mir wollte?«

Hatte ich nicht die geringste; ich war nur froh, dass ich mein Seelchen wiederhatte.

»Was wolltest du denn bei Igor?«, fragte ich ihn kurz darauf in der Küche. Mein Nachbar hatte es sich mit Wölfchen auf dem Sofa gemütlich gemacht. »Du hast mich zu Tode erschreckt, du schlimmes Tier!«

Vielleicht hatte sich meine Stimme etwas zu hysterisch hochgeschraubt, vielleicht hatte ich ihn zu böse angeschaut, denn Seelchen rieb sich sofort an meinem rechten Bein, sein Schwanz hing auf halbmast, und ich konnte durch sein warmes Fell fühlen, wie aufgeregt er war.

Doch warum? Es war doch alles total friedlich in unserem Leben. Aber irgendetwas bewegte ihn, trieb ihn um, ließ ihn nicht zur Ruhe kommen.

»Willst du lieber zu Igor, weil du dich bei uns überflüssig fühlst?«, fragte ich weiter und setzte sofort hinzu: »Was du nicht bist und nie sein wirst, hörst du, Seelchen?« Meine Stimme musste so eindringlich geklungen haben, dass er sofort seine Ohren spitzte und mich ansah. Ich ging vor ihm in die Knie und umarmte ihn.

»Du zitterst ja!«, rief ich erschrocken und drückte ihn fest an mich. Um ihn zu wärmen und ihm zu zeigen, wie lieb ich ihn hatte. Doch er zitterte immer mehr, hörte gar nicht mehr auf.

»Hast du Fieber, Seelchen?«, fragte ich ihn erschrocken. »Soll Igor mit dir zur Tierärztin fahren?«

Er schüttelte heftig den Kopf.

»Kann ich irgendwas für dich tun?«

Wieder heftiges Kopfschütteln. Er drehte sich um und legte sich unter den Küchentisch. Das tat er immer, wenn er in Ruhe gelassen werden wollte.

»Hast du eine Ahnung, was mit dem Hund los ist?«, fragte ich eine Viertelstunde später Igor, dessen Blick, ich fühlte es, wohlgefällig auf meinem inzwischen entblößten Busen lag, an dem mein Sohn so begeistert nuckelte, dass er schon fünf Minuten später nach einem Bilderbuchrülpser sanft eingeschlummert war.

»Wovon sprichst du?«, fragte Igor zurück. »Ich finde übrigens, Stillen steht dir ausgezeichnet.«

Und ehe ich mich dagegen wehren konnte oder wollte, legte er seinen Arm um mich. Es fühlte sich richtig an. So richtig, dass ich mich in seine Umarmung schmiegte und ihn anlächelte.

»Fühlt sich sehr gut an, ihr beide«, flüsterte Igor.

»Finde ich auch«, flüsterte ich zurück.

»Dann hoffe ich doch, dass du nichts dagegen hast ...«

»Wogegen?«

»Dagegen ...« Seine Stimme war kaum zu hören, aber seine Lippen zu fühlen, als er mich küsste.

Oh nein, ich habe nichts dagegen, nicht das Geringste, dachte ich, und dann war ich nur noch Fühlen, nur noch Versinken, nur noch ...

Wuff!

Wuff!

WUFF!

So vertieft waren wir ineinander, dass Seelchen erst beim dritten Beller in unser selig vernebeltes Bewusstsein drang.

Schuldbewusst schreckte ich hoch, schob Igor zur Seite und konzentrierte mich auf meinen Hund, der wie ein empörtes Ausrufungszeichen vor uns saß. Kerzengerade, gespitzte Ohren, alles an seinem kleinen, wuscheligen Hundekörper drückte »Mir gefällt das alles nicht« aus.

Und er hatte ja recht, in den letzten Monaten war der Sofaplatz an meiner Seite immer von ihm besetzt gewesen. Dass sich Seelchen jetzt ausgeschlossen fühlte, war nur zu verständlich. Ich selbst hatte ja während meiner Schwangerschaft die Grenze überschritten, als ich meinen Hund zu meinem Lebenspartner machte. Klar, es gab mildernde Umstände für mein Verhalten, aber jetzt musste ich eine klare Grenze ziehen.

»Igor, lass uns bitte allein, wir müssen etwas besprechen.«

Ich legte Wölfchen ins Körbchen und schob den leicht widerstrebenden Igor aus der Wohnung. Seelchen trabte hinter mir her, ich fühlte seine Wärme an meinem Bein, ich spürte, dass er meine Nähe suchte.

»Milchkaffee, Seelchen?«, fragte ich, als wir allein waren, »mit ganz viel Schaum und Schokoladenstreuseln oben drauf?«

Kurz darauf saßen wir nebeneinander am Küchentisch und leckten uns den Milchschaum von den Lippen.

»Wolf, wir müssen reden«, sagte ich schließlich.

Schweigen. Kein Wuff. Noch nicht einmal ein Wüffchen. Klar, wie alle Männer hasste er Beziehungsgespräche. Aber um dieses würde er nicht herumkommen – es war zu wichtig.

»Wir beide hatten eine wunderschöne Zeit zusammen«, sagte ich, »du hast mich gerettet, Seelchen, und dafür werde ich dir ewig dankbar sein. Wir beide wissen, dass unsere Beziehung etwas ganz Besonderes ist, etwas, das nur uns beiden gehört.«

Wir sahen uns an.

»Aber in diesem Leben bist und bleibst du ein Hund«, fuhr ich fort, »den ich zwar über alles liebe, aber der mir nicht den Mann ersetzen kann. Und Wölfchen nicht den Vater.«

Ich schwieg, weil mir plötzlich die Augen feucht wurden.

Und weil ich, wie immer, wenn ich dringend eins brauchte, kein Taschentuch zur Hand hatte.

»Verzeihst du mir, wenn ich mit Igor glücklich werde, Wolf?«, fragte ich, nachdem ich in die Küchenrolle geschneuzt hatte. »Erträgst du es, wenn er mir hilft, unser Kind aufzuziehen?«

Seelchen hörte mir zu, ganz still und konzentriert. Dann machte er Wuff, einmal nur und ganz kurz. Wie Wolf, wenn eine sehr gefühlvolle Situation ihn ein bisschen überforderte.

»Gut, dann wäre das ja geklärt«, rief ich erleichtert unter Tränen, »und jetzt gehen wir ins Bett.«

Als Wölfchen schrie, schreckte ich aus wirren Träumen hoch. Ich legte ihn an meine Brust und sah, dass Seelchen auf dem Nachbarbett saß und uns anstarrte. Seine Augen leuchteten in der Dunkelheit. Er bellte einmal ganz leise, es klang traurig, doch ich wusste, dass er mich verstand. Als mein Baby satt war, nahm ich es von der Brust ab und legte es hin. Wolf legte sich daneben und beschnupperte seinen Sohn vorsichtig von seinem seidigen Babyhaar bis hinunter zu den winzigen Füßchen, als wolle er sich jede Einzelheit genau einprägen. Wölfchen lächelte im Schlaf.

Am nächsten Morgen war Weihnachten. Weiße Weihnachten. Es war so kalt, dass an meinem Fenster die Eisblumen glitzerten.

Wölfchen schlief wie ein Engelchen. Das Leben kann so schön sein, dachte ich, kuschelte mich noch einmal in die Kissen und freute mich einfach. Nur so. Auf meinen Weihnachtsbaum, auf das Familienessen, auf Wölfchens erste Bescherung, aufs Leben. Mein Leben war wieder gut. Es war ein Anfang.

Als ich aufstand, fiel mir auf einmal die Stille auf.

»Seelchen!«, rief ich, »ich werde jetzt den Weihnachtsbaum schmücken. Wehe, du hast meine Schokoladenkringel aufgefressen!«

Nichts. Kein Bellen, kein Knurren, kein Seelchen. Ich durchsuchte die Wohnung, klingelte bei Igor und legte ihm Wölfchen in den Arm, nichts. Ich lief auf die Straße, fragte in allen Geschäften nach – er war spurlos verschwunden.

Und dann wusste ich plötzlich, wo ich ihn finden würde.

Da der Schneefall immer heftiger wurde, fuhren keine Taxis und keine Busse mehr, also ging ich zu Fuß. Nach zwei Stunden war ich am Ziel, feucht bis auf die Knochen und so erschöpft, dass ich meine schweren, schneenassen Stiefel nur mit Mühe hochheben konnte.

Ich betrat den Friedhof, der tief eingeschneit wie eine unwirkliche Mondlandschaft aussah. Niemand war zu sehen, aber ich ging weiter, in die weiße, wattige Stille hinein. Schon bald sah ich die Hand vor Augen nicht mehr, aber dann hörte ich, wie eine Frauenstimme »Ave Maria« sang. Ich folgte ihr und stand kurz darauf vor einer Kapelle, aus der gerade ein Pastor kam, gefolgt von vier stämmigen Männern, die einen Sarg trugen. Er war weiß und so klein, dass die schluchzende Frau dahinter vermutlich die Mutter eines verstorbenen Kindes war. Wie unfassbar schrecklich es sein musste, sein Kind zu verlieren, dachte ich und hätte sie gern getröstet, aber ich wusste, dass sie in diesem Moment untröstlich war.

Der Trauerzug war klein, außer der Mutter nur noch ein altes Ehepaar, das sich trostsuchend aneinanderklammerte.

Ich folgte ihnen bis zum offenen Grab. Eine kleine Schaufel lag daneben und ein zugeschneiter Haufen Sand. Die Mutter griff zur Schaufel, stach in den Haufen und trat ans Grab. Doch als sie den kleinen Sarg sah, so nah und doch so unendlich weit weg, da brach sie schluchzend zusammen.

»Mein Baby«, schrie sie, »bitte, komm wieder, bitte, lass mich nicht allein!«

Während ich auf die Frau zuging, sah ich ihn. Er stand am anderen Ende des offenen Grabes und wedelte sich die Schneeflocken vom Schwanz. Ich hatte ihn erwartet, trotzdem war ich überglücklich, ihn wiederzusehen.

Mein Seelchen, flüsterte ich, wie schön, dass du wieder da bist. Ich wäre gern zu ihm gegangen, aber ich wusste, dass er mir nicht mehr gehörte.

Deshalb ging ich auf die Frau zu und nahm sie einfach in die Arme. Sie fühlte sich klein und zart und sehr verzweifelt an. »Nicht traurig sein«, flüsterte ich, »du bist nicht allein. Bald wird dich jemand trösten.«

Als ich mich umdrehte, war Seelchen verschwunden.

Ich ging zu Fuß nach Hause, durch den dicken, fallenden Schnee, vorbei an all den erleuchteten Fenstern, hinter denen die Menschen in ein paar Stunden Weihnachten feiern würden. Ich wusste, dass Igor auf mich warten, dass meine Wohnung in ein paar Stunden voller Menschen, Lachen und Lichter sein würde, trotzdem war ich unendlich traurig, dass es ein Weihnachten ohne Seelchen sein würde. Und ohne Wolf.

Wuff! Der unaufhörlich fallende Schnee dämpfte jedes Geräusch, trotzdem hörte ich das leise Bellen und drehte mich um. Seelchen stand vor mir. Im dichten Gestöber konnte ich ihn kaum erkennen. Ich wusste, dass auch er es ohne Abschied nicht ausgehalten hatte. Und so ging ich vor ihm in die Knie und nahm ihn in die Arme. Sein Fell war genauso nass wie mein Mantel, wir zitterten beide.

»Ich hab dich so lieb«, flüsterte ich ihm ins Ohr, »aber ich weiß, dass wir uns trennen müssen. Mach's gut, du blöde Töle.«

Ich drückte ihn an mich und spürte seinen Herzschlag. Und er spürte meinen. Zum letzten Mal.

Sekunden später hatte ihn das Schneetreiben verschluckt.

Als ich zwei Stunden später nach Hause kam, war meine Wohnung festlich geschmückt, im Backofen brutzelte ein Auberginenauflauf, Igor und Wölfchen lagen auf dem Sofa und hörten den ersten Teil des Weihnachtsoratoriums von Bach.

»Jauchzet, frohlocket, auf, preiset die Tage ...«

»Da bist du ja endlich«, rief Igor. »Wo warst du denn? Wir haben uns schon Sorgen gemacht.«

»Ich hab Seelchen nur zum Bahnhof gebracht«, sagte ich. »Er wird jetzt auf eine lange Reise gehen. Bitte frag nicht, irgendwann werde ich dir alles erklären.«

»Musst du gar nicht«, sagte Igor. »Zieh dich schnell um – du tropfst ja richtig.«

Ich ging ins Schlafzimmer. Auf meinem Kopfkissen lag ein kleines Stoffhäufchen. Ich trat näher und nahm es hoch. Es war Schlumi. Ich seufzte tief und presste mein Gesicht hinein. Es roch noch immer nach ihm, aber nur noch ganz schwach.

»Komm ins Bett, Seelchen«, flüsterte ich und legte Schlumi unter mein Kopfkissen. Irgendwann würde ich ihn zu Wölfchen ins Kinderbett legen, aber noch nicht gleich. Ich brauchte ihn noch ein bisschen.

Als ich ins Wohnzimmer zurückkam, war Wölfchen aufgewacht und sah mich mit großen, ernsten Augen an.

Mit Wolfs Augen. Mit Seelchens Augen. Sie hatten mich beide nicht verlassen. Sie würden immer bei mir sein.

Ich setzte mich zu Igor und Wölfchen aufs Sofa. »Fröhliche Weihnachten«, sagte ich.

»Fröhliche Weihnachten«, grinste Igor, »und jetzt würde ich dich sehr gern mal wieder küssen. Was dagegen?«

»Nicht das Geringste«, sagte ich. »Ich hoffe, du hast es inzwischen nicht verlernt.«

»Na warte«, rief Igor, zog meinen Kopf herunter, legte seine Lippen auf meine, wollte gerade die Augen schließen, als ich diesen Blick spürte, diesen vorwurfsvollen, besitzergreifenden Blick, den ich nur allzu gut kannte. Wölfchen sah mich an, und so viel Seelchen war in seinen Augen, dass ich laut lachen musste.

»Hört sofort auf damit«, sagte ich. »Ich liebe Igor, und ich will ihn küssen, wann immer ich Lust dazu habe. Ist das ganz klar?«

Wir sahen uns in die Augen, mein Sohn und ich.

»Darf ich jetzt weitermachen?«, fragte ich.

»Du darfst«, lachte Igor, »und wie du darfst.«

Gerade wollten wir weiterküssen, als ein bekanntes Geräusch sich in unser glückliches Lachen mischte.

»Ihhhgitt, das darf ja wohl nicht ...«, riefen wir gleichzeitig, denn Wölfchen hatte uns in hohem Bogen mit seinen Milchresten besprüht.

»Hört das denn nie auf?«, fragte ich verzweifelt.

»Wieso aufhören?«, lachte Igor. »Es fängt doch gerade erst an.«